新世纪东南亚华文小诗精选

朱文斌　[泰]曾　心　主编

浙江工商大学出版社
ZHEJIANG GONGSHANG UNIVERSITY PRESS

图书在版编目(CIP)数据

新世纪东南亚华文小诗精选 / 朱文斌，（泰）曾心主编. —杭州 ：浙江工商大学出版社，2018.9

ISBN 978-7-5178-0339-3

Ⅰ. ①新… Ⅱ. ①朱… ②曾… Ⅲ. ①汉诗－诗集－东南亚－现代 Ⅳ. ①I330.25

中国版本图书馆 CIP 数据核字(2018)第 221627 号

新世纪东南亚华文小诗精选

朱文斌 ［泰］曾 心 主编

策划编辑 任晓燕
责任编辑 任晓燕
责任校对 夏湘娣
封面设计 林朦朦
责任印制 包建辉
出版发行 浙江工商大学出版社
（杭州市教工路 149 号 邮政编码 310012）
（E-mail：zjgsupress@163.com）
（网址：http://www.zjgsupress.com）
电话：0571-88823703，88831806(传真)
排 版 杭州朝曦图文设计有限公司
印 刷 杭州五象印务有限公司
开 本 710mm×1000mm 1/16
印 张 17.25
字 数 266 千
版 印 次 2018 年 9 月第 1 版 2018 年 9 月第 1 次印刷
书 号 ISBN 978-7-5178-0339-3
定 价 52.00 元

浙江工商大学出版社营销部邮购电话 0571-88904970

本书编委会

序　华韵与蕉风

由朱文斌、曾心主编的《新世纪东南亚华文诗歌精选》和《新世纪东南亚华文小诗精选》两部诗选出版，实在是新世纪华文诗坛的一件盛事。除了东帝汶，东南亚10个国家，不管是半岛国家还是海岛国家，都有代表性诗人入选。诗选编者的眼光精准，入选诗人的确是该国华文诗人的翘楚，有好些也是我的朋友，不少诗人还来过重庆，到访过中国新诗研究所。两部诗选以国家为单位，以诗人年龄排序，每位诗人的作品都由简介、诗作、诗歌赏析三个部分组成，的确便于读者品读，值得点赞。

东南亚有90多个民族，其中，华侨、华人有3000多万，如果把中国除外，占了全世界华侨、华人总数的70%还要多，是世界上除中国外华侨、华人最多的地区。所以，我们星球的华文诗歌，由中国、东南亚、欧美澳的三个板块组成，这就毫不足怪了。东南亚是当今世界经济发展最有活力和潜力的地区之一，是中国的南邻，也是世界华文诗歌正在成熟的一个富有特色的组成部分。像菲律宾云鹤这样的东南亚诗人，在中国也有名气，他的《野生植物》在20世纪80年代的中国就流传很广。早在1989年，我主编的《外国名诗鉴赏辞典》(河北人民出版社)中，就选入了几位东南亚诗人的作品。

在东南亚，除了泰国，大多数国家都曾经沦为殖民地，因此，独立运动是前辈诗人共同的难忘记忆。在东南亚的华文诗人中，就有些令人景仰的独立斗士，像马来西亚的已故诗人吴岸就是一位为沙捞越的独立而献身的人。他曾和妻子同时被关进政治犯集中营长达十年，囚禁于同一监狱，两夫妻却不得见面。他告诉我，集中营每两年就给一次忏悔机会，然后释放。他坚持不认错，直到第十年，得知狱外的独立运动早已风消云散，才踏出狱门。我最后一次遇见他的时候，他的健康状况已经很差，肾切掉一个，胆囊也割了，还得了肺癌，他幽默地笑着对我说:“我是个缺斤短两的人呀!”吴岸的诗写得非常出色，我们应该永远记住他。更多的华文诗人在自己国度的经济、文化发展中做出了显著贡献。

东南亚华文诗歌有两个文化来源:华族文化和本土文化。东南亚诗人既有母土诗学,又有本土情结。二者的交融构成东南亚华文诗歌的基本特色。尽管东南亚各国华文诗歌有“同中之异”,但是有更多的“同”:它们都拥有母土和本土的双重诗歌遗传,我把它称为华韵和蕉风的双重诗学。我们从母土诗学和本土情结出发就可以大体解读东南亚的华文诗歌。

华韵首先来自诗歌的文字,来自华文。华文是世界上使用人数最多的文字。华文也是非常丰富的文字,从古代的象形文字发展到今天,积累的文字数量颇多,1994 年版的《中华字海》就收入 87019 个字。华文是天生的诗歌文字:语法规则最少,所以在词类变化、文字搭配上最灵活;省略最多,所以最含蓄、最多义、最简洁。同时,华文一个字就是一个音节,而且有字调,所以最富音乐美。所有这些,使得华文成为世界上最富有诗歌特质的文字之一。

华韵还来自几千年的母土诗学的浸润,比如小诗就是中国诗歌的一个传统:从唐代小令到现代小诗。从新诗来说,冰心的《繁星》和《春水》奠定了小诗在中国新诗史上的地位。此后的近百年,小诗一直在发展。2006 年,在泰国出现了“小诗磨坊”:岭南人、曾心、博夫、今石、杨玲、苦觉和蓝焰,7 位泰华小诗诗人吹响了集结号。加上作为指导者的台湾诗人林焕彰,这“7+1”的队伍“十年磨一剑”,使得泰国成为东南亚华文小诗的重镇,队伍也扩大为 13 人。“小诗磨坊”的诗人运用华文的纯熟程度,令人惊叹。生于曼谷的坚谐·塞他翁(曾心)是“磨坊”的代表性诗人,他的《凉亭》是泰华诗坛的第一部小诗诗集,我尊称他为“小诗的泰华诗圣”。近年由曼谷留中大学出版社出版的曾心著、吕进点评的《曾心小诗点评》,在东南亚热销,先后再版三次,销售超万册,打破了近一百年来泰华新诗销售量的记录,创造了一个奇迹。中国的报纸也为此做了大幅报道。

曾心曾请我为他的《凉亭》题词,我写了佛家语的“不可说”,这三个字其实就是小诗的精髓所在:口闭则诗在,口开则诗亡;肉眼闭而心眼开;诗是无言的沉默;等等。

本土情结是东南亚诗歌的情感走向。

诗人站立在本国的土地上倾诉着爱恋与心动。从移民意识到身份认同,是华人诗人的共同轨迹。他们的诗作里,有蕉风扑面的南洋风情,有对所在国弱势群体和底层人民的关注。

华韵与蕉风的交织，催生出当今世界的东南亚华文诗歌，这是一片神奇土地长出的神奇花朵，它的前景必然辉煌。新加坡近年涌出了一批年轻的华文诗人，如陈志锐、周德成、舒然，舒然到过中国新诗研究所，她的诗集《以诗为铭》是陈剑先生和我写的序，台湾诗人洛夫题签。这里用舒然的诗句来结束这篇序言吧：

今天，每一个枝丫都是撑开的手掌
触摸阳光，于是阳光不再流浪
等待时间饱满的果实，如约而来
像六月的树一样挺拔，幸福
像纯净的水一样自然

吕　进[①]

2018年5月

---

① 吕进，中国著名诗评家，国家级有突出贡献专家，国务院政府特殊津贴专家，西南大学二级教授、博导，中国诗歌学会常务理事。

目　录

新加坡卷

马来西亚卷

泰国卷

印度尼西亚卷

菲律宾卷

文莱卷

越南卷

缅甸卷

柬埔寨卷

新加坡卷

周　粲

周粲，原名周国灿，新加坡著名诗人，1934 年出生于中国广东澄海。1960 年从新加坡南洋大学中国语言文学系毕业，1964 年获得新加坡政府颁发的奖学金并到新加坡大学深造，获得第一等文学学士学位后继续学习，于 1969 年获得文学硕士学位。曾担任中学教师、教育部专科视学及教育学院中文系讲师，目前为新加坡课程发展署的华文专科顾问。曾用过林中月、周志翔、艾佳、江上云等笔名。已出版的著作近 90 种，包括诗集《孩子的梦》《青春》《云南园风景画》《捕萤人》《会飞的玻璃球》等，散文集《铁栏里的春天》《五色喷泉》《玲珑望月》《只因为那阳光》等，短篇小说集《最后一个女儿》《魔镜》《雨在门外》等，论文集《宋词赏析》《华文教学论文集》等，游记《踪迹》《江南江北》《摩登逃难记》等。

捕蝶

高举网兜
在田野上奔跑
想捕捉一只彩蝶
投入的竟是
一首斑斓的小诗

彩色玉米棒

虽然肤色不同
却紧紧地
团结在一起

这就叫
种族和谐

诗歌赏析

《捕蝶》全诗共5句，寥寥数语，就表达出诗人的心境。本想用网兜捕捉一只蝴蝶，没想到投入的是一首小诗。这样的情形恰如“有心栽花花不开，无心插柳柳成荫”。在捉蝴蝶的过程中找到了写诗的灵感，这未尝不是一件好事。生活是创作的源泉，文学源于生活，高于生活。诗人有一双善于发现的眼睛和一颗敏感的心，从生活中发现美、感知美。

《彩色玉米棒》全诗共5句，分为两小节，第一节主要讲述肤色不同，但人人团结；第二节主要是对第一节进行升华总结，引出小诗的主题——种族和谐。题目“彩色玉米棒”主要有两层含义：一是肤色不同；二是玉米棒比较结实，有团结之意。可以说，诗人在题目上还是花费了一定的心思。肤色不同，就意味着种族不同，但这些都不影响和谐。诗人旨在表达追求世界和谐的愿望。

周粲的小诗大多短小而精致，整齐而匀称。他的小诗多是对生活的感悟，丝丝入理，颇有韵味。诗人善于捕捉瞬间的灵感，加以升华，从而营造出一番意境。

（李笑寒）

陈　剑

陈剑，1940年生。新加坡著名学者、诗人。国际诗人笔会发起人及主席团成员。曾任美国跨国技术集团亚太副总裁、新加坡南洋理工大学及新加坡公共服务学院特约教授，上海华东师范大学国际冷战史研究中心客座研究员。曾任新加坡作家协会理事长、五月诗社顾问、澳洲华文作家协会顾问、亚华作家基金会副主席、新加坡书籍理事会副主席、澳洲国立大学南方华裔研究中心顾问、新加坡亚洲研究学会荣誉会长、南洋学会理事、新加坡国家档案馆理事等职。著有《无律的季节——陈剑抒情诗选》《火凤凰》《等在风中》《神州踏月行——陈剑抒情诗选》等诗集，以及《陈剑诗文论稿》等论著。

云

云虽潇洒
但保不住自己
最美丽的一刻
变是一种无奈
不要怪罪云的多变
那不是她的抉择

黄沙

风有时的确凄厉

一旦吹起就不再犹疑
你就乘风飞去吧！
黄沙之外还是黄沙
落户何方又有什么关系？

诗歌赏析

《云》这首小诗总共六句，前三句主要表达了“云”这一矛盾的存在，既潇洒又短暂，因为自身最美丽的样子无法得到完好持久的保留。后三句更加深刻隐晦地表达了作者真正想说之意：云是多变的，可这多变与自身无关，即不是自身的选择，而是无奈之举。

《黄沙》这首小诗总共五句，字里行间表达的情感让读者感受到一种迫于现实的无奈。“不犹疑的凄厉的风”在此也许暗指什么，我们无从得知，但既然要面对这疾风就随它去吧！“黄沙之外还是黄沙”此句可做一个大胆的猜想，也许作者是将自己和万千华人比作黄沙，就算被风吹离故乡，故乡之外因有同胞的陪伴，那么落在哪儿便显得不那么重要了。

（王思佳）

方　然

方然，原名林国平，1943 年生于新加坡，祖籍福建金门。现为《赤道风》四月刊主编，世界华文微型小说研究会永久会员。作品散见于国内外报刊并曾多次被朗诵。20 世纪 70 年代至 90 年代期间，多次荣获本地与国际文艺创作比赛优胜奖，经常在本地给一些文艺团体讲学、授课，担任大专院校及民间团体举办的文艺创作比赛评审，受邀出席国际文学、诗歌研讨会，并发表论文。已出版《岩下草》《方然诗文集》《那箬叶包裹着的……》《心灵叩响的音符》《方然短诗选》等诗集。

心

时而像
一部长篇小说
须慢嚼细析
时而却如
一曲浪漫诗
可品茗、可寻味

茶

只似一叶扁舟
竟能飞越万水千山

茶香氤氲中
总有浓得化不开的
那一口
乡愁

诗歌赏析

第一首《心》,表面上看是将"心"比喻成"长篇小说"或"浪漫诗"。其实讲"心"又何尝不是在讲"人"。生活从来都不是简单而单调的,因此人的体验和在这种体验下成长起来的人,也必定不会是简单而单一的。他们在历经各自漫长而艰难的人生考验之后,可以说每个人的"心"里都隐藏了许许多多的秘密,而他们本身就是一部部精彩而深刻的"长篇小说",需要你"慢嚼细析"才能读懂。同时,每一个人的心灵和灵魂深处一定也将在铅华洗净之后,仍保有一颗童心,他们永远灿烂如"一曲浪漫诗",如静夜里的一杯茶,值得去慢慢品味。

在第二首《茶》中,诗人将茶叶在水中泡开之后的形象比作一叶"飞越万水千山"的"扁舟"。这万水千山的距离,既是茶叶离开原产地之后经历的贸易之旅的距离,也是诗人身处之地之于故国的距离,更是内心那一份乡愁绵延至今的长长的距离。"茶"的味道那么纯正,是来自故国的味道,浓浓的"茶香氤氲",怎能不引发游子品茗时的"乡愁"。这一份"乡愁"在诗人的笔下并没有哀怨与消极的气质,而是如茶一般,有着一份淡淡的清雅,静静地存放在诗人的心灵深处,偶尔出现,撩拨一下诗人的心弦,奏出对故国的思恋之曲。

总体来说,方然的这两首小诗都有一种沉静与内敛的气质。前者观照人的内心深处,后者抒发思恋故土之情。两种书写都在不动声色的表达中顺利而流畅地完成了,没有任何修饰与造作的痕迹或企图,看似对一种瞬间灵感的记录,实则是在一段时间积淀下的深思。这就是诗人方然用笔的独特之处。

(任金刚)

秦　林

秦林，原名梁启堂，另署常追风。1944 年 6 月 6 日出生于马来西亚吉兰丹州哥打巴汝市，祖籍厦门鼓浪屿，新加坡华文作家。新加坡南洋大学经济系毕业，曾任新加坡作协财政、锡山文艺中心副主任兼出版主任，曾主编《南方文艺》及《锡山文艺》。出版《新星集》《小阳集》《喷泉》《登高吟》《秦林诗抄》《裁风剪雨》《城市与芦苇的梦》《双子叶》等诗集，《芦苇集》《永恒的云》《秦林文选》《逆风的向阳花》《惊起一滩鸥鹭》《啁啾集》等散文集，另著有专著《奔向南方的河流——印华诗歌点评》，编选过《仰望星空——中国现当代小诗》等作品。

南京，你不要哭

南侵的蝗军　旷野狼嗥
京城内　公然撕裂月光的贞洁
你的心和我的灵魂
不尽呜咽秋海棠的爱情
要将人间的悲哀与苍凉
哭成一条反法西斯的牢固心防

后记：影片《南京 1937》（原名《南京大屠杀》，英文名《Don't Crying Nanking》），观后思潮起伏，遂完成隐题诗一首。

中国老家

老屋后院的那口古井
荡漾轮轮沧桑

一轮明月
将它抹得明明亮亮

诗歌赏析

《南京,你不要哭》以南京大屠杀为题材,写出诗人秦林对这段历史的深刻反思。诗中将日本侵略者比作“蝗军”,一方面写出了日本侵略者的行径如这些贪婪的虫子一样可恶;另一方面,当时日军自称“皇军”,虽自诩来自天朝上国,但其行为却是赤裸裸的侵略。秦林在诗中将日本军人对中国百姓的侵犯比作“公然撕裂月光的贞洁”,月光如此美丽,但是毫无人性的侵略者却将最美好的东西残忍地破坏了。秦林的诗饱含了对同胞的深切同情,对世界反法西斯战争的积极支持。这隐晦的感悟是诗人内心激愤的写照,也是诗人对这座受尽了磨难的城市的深情关照。

《中国老家》中,诗人对遥远的中国老家的怀念,在月光的映照之下,显得格外皎洁、明亮。古井中流淌着故乡的水,这水曾经滋养过从古到今生活在这里的人们,古井无言,默默奉献,流淌出的水化作血液,奔流在人们的身体之中。所以当记忆回到老家,回到那口默默流淌的古井,即使岁月流转,古井和月亮也都是这漫长思念的见证者。当月将古井抹得更加明亮,经过岁月的洗礼,诗人对故乡的记忆和思念也会更加鲜亮。

秦林的诗中出现的月亮意象比较多,可见他受古典诗词的影响很深。秦林的诗中既充满人文主义的关怀,又有着古典诗词的意蕴,让人回味无穷。

(符丽娟)

南　子

南子，原名李元本，原籍福建永春，1945 年 6 月生。新加坡南洋大学毕业，后于中国南京大学获中文硕士学位。南子是新加坡现代文学的开拓者之一，他在 20 世纪 60 年代开始新诗创作，是新加坡华文诗坛上成就显著、风格独特的诗人。长期担任亚细安青年微型小说创作大赛、新加坡大专文学奖、新加坡金笔奖、新加坡文学奖等文学创作比赛的主要评审。曾获新加坡书籍奖，南洋大学学生联谊会新诗奖，春兰世界华文微型小说奖，中国新诗潮石油诗大赛优秀奖等。南子除写诗外，也写短篇小说、微型小说、散文、文学评论等。

枯藤

他把自己站成一株枯藤
像口香糖一样紧贴树干

灯

我以湖泊般的眼睛看你
伏羲的火种
以一盏灯的形式出现

诗歌赏析

第一首《枯藤》是充满力量的小诗。全诗虽然只有短短的两句，但是文字之外的诗意却是充盈和丰满的。第一句“他把自己站成一株枯藤”，一个坚定的形象就立刻出现在了读者的脑海中，而关于他从青翠到枯萎之间的种种，也立刻在脑海中演绎与生发出千万个版本，如今他已枯尽，但依然还“站着”。更加令人震惊的是他还“像口香糖一样紧贴树干”，仿佛他还活着一般，于是一种关于“生”的精神在文字间生发出来，关于“生”的哲学也在这诗歌停止的地方开始了。

第二首《灯》蕴涵着一种哲理性的思索。但并不像一般的哲理诗那样以诗的形式直白地进行论述，而是以一种间接的、象征的方式呈现出来，使整首诗显得含蓄而蕴藉。“我以湖泊般的眼睛看”那“伏羲的火种”，但那古老的文明以一种现代性的形式——“一盏灯的形式”出现。历史的演进促使文明与文化的演进，而这其中的获得与缺失，诗人并不言明，而是以一种留白的方式，引发读者去思考、去洞悉。

南子的诗，语言十分精炼，但意义的生发并未因此受到局限，反而生发得更加自由。第一首《枯藤》以短短的两句勾勒出一个鲜明的形象，并以单刀直入之势直接观照出一种生的精神与哲学。第二首《灯》则以“火”与“灯”及其隐蔽的文明演进道路引发对于所谓文明进步的思索，短短的三句承载了对于现代性问题的深刻反思。作者将整首诗作为一个整体象征，引发读者对所指个体的思考，在艺术处理上可谓匠心独具。

（任金刚）

贺兰宁

贺兰宁，新加坡诗人，1945 年 9 月生。新加坡南洋大学文学学士、中国南京大学文学硕士、中国广州中医药大学医学硕士、中国中医科学院医学博士。现任新加坡中华医学会会长等职，曾任《文学》执行编辑、《五月诗刊》创刊人兼主编。作品有诗集《天朗》《音乐喷泉》《石帝》《花调》，文论集《春来草自青》等。

风雨季小调

（一）

微雨在小园里轻声徘徊
天风在枝柯间呼啸而来，呼啸而去

纵轻雷打着灰云的旗帜来了
我的心门总会开向彩虹

（二）

唤轻风把灰色的云舟吹来
唤披长发的雨在室外守望

窗的嘴唇开启
难唤来阳光把生霉的心灵曝晒

广告诗

(一)照相机

底片浓缩风景
风景浓缩温情
温情拍出思念
思念映照月光镀亮的脸孔

(二)风扇

风从哪里来
来自你三瓣之间
风从哪里来
来自诗的源头
风从哪里来
来自我内心深处

诗歌赏析

《风雨季小调》其(一)中的小诗,通过运用拟人化的“徘徊”“打着灰云的旗帜”等语言,生动地描写了“风雨季”的景象,又以“我的心门”“开向”表达了作者对雨后彩虹的向往,以及无惧于长时间的风雨,坚信风雨之后有彩虹的信念。其(二)中的小诗以“唤”生动地将“风”“雨”,想象成自己“唤”来的帮手,同时又以“守望”“嘴唇开启”等拟人化的词汇,生动地描写了“窗外风雨”。最后一句“难唤来”,表达了诗人对“阳光”的期待,以“生霉”来修饰心灵,则暗喻了诗人希望通过“阳光”温暖并指引久经沧桑的心灵。

《广告诗》中的两首小诗皆以现实中存在的事物为题,融入诗人自身的感悟,借物抒情。《照相机》由相机“底片”引入,将“风景”“温情”“思念”和“脸孔”,通过顶真的修辞手法使其环环相扣、由浅及深,将“照相机”可以留存风景的特点,进一步升华为留存思念与感情。《风扇》这首小诗,通过“风从哪里来”三个设问，以及三个不同的回答：“三瓣之间”“诗的源头”“内心深处”，由实到虚，将“风”的形象化作心间源源不断的诗意，富有浪漫情怀。“诗的源头”一语双关，承上启下，引出“内心深处”这句富有禅意的回答，意味无穷。

贺兰宁的小诗多表达自己的心境和感悟，《风雨季小调》借自然现象喻人生道路，表达自己追随阳光的人生态度。《广告诗》中的两首小诗则借现实的物象，以及物象所代表的情感、思想意义，表达诗人自身的态度、想法和感悟。

（于　悦）

林　锦

林锦，原名林文锦，出生于1948年。世界华文微型小说研究会理事、东西方诗人联合会副主席、新加坡五月诗社社员、新加坡作家协会受邀理事等。曾主编《文学》《锡山文艺》，编辑《微型小说季刊》。已出版散文集《园边集》《鸡蛋花下》《乡间小路》，微型小说集《我不要胜利》《春是用眼睛看的》《搭车传奇》《零蛋老师》，学术论著《战前五年新马文学理论研究》《苗秀研究专集》等。《林锦文集》被列为“东南亚华文文学大系·新加坡卷”丛书之一。

交通灯

站着纹风不动
无须挥手无须吆喝
要走
要停
全得看
我的眼色

拐杖

你不愿轻言放弃
和岁月签订的契约

我以枯槁但硬朗的身躯
默默地支持
你蹒跚的意志
默默跨出每一步艰难

诗歌赏析

第一首《交通灯》中，诗人别出心裁地从“交通灯”的视角来观照世界，带着一种智慧与俏皮的情趣，将“交通灯”的特点用诗的语言表达出来，小诗简直可以作为一个生动有趣的谜语来读。

第二首《拐杖》，诗人依然是站在物的角度，只不过这次直接观照的是人：“不愿轻言放弃/和岁月签订的契约”的人，不服输不服老的人，是那些在老去之后仍然不愿意浪费自己时间和生命的人。“拐杖”愿以自己“枯槁但硬朗的身躯/默默地支持”这些人，让他们即使步履与意志已显得“蹒跚”，但仍能够让自己“艰难”地“跨出每一步”，且充满尊严。“拐杖”在诗中早已超出了物的范畴，成为一种精神层面上的存在。象征着那种“老骥伏枥，志在千里”的精神，或者是一颗不愿服老、健康向上的心。

诗人林锦擅长于平凡之物中发现理趣与诗意，找到通向哲思的路径，并在观照物的同时最终将落脚点归于人本身。以物观人，由物及人，发现物与人在精神层面的契合点。这样的诗歌技艺处理方式可以有效地避免说理与抒情的空洞化，使接受者有一个思考的支点，更容易进入诗歌，理解诗人，这也是诗人林锦诗歌艺术成熟的一个表现。

（任金刚）

康静城

康静城(1948—2018),原名洪连顺,祖籍泉州晋江。曾从事中学华文教职30余年。1968年开始创作,笔名还有雪原、牧笛、宋波等。生前为新加坡文艺协会会员、新风诗协会理事兼《新风诗刊》新诗编辑。在中国大陆、中国台湾,新加坡,印度尼西亚等国家和地区发表诗作,已出版诗集《长橹集》《采贝集》《谷粒曾经是秧禾》《新中山水诗情》,与诗友出版6本诗歌合集。此外,还热爱散文、游记和童诗创作。

头炷香

以百米竞赛之势
向香炉冲刺

逼退他人
抢先自己

心诚的人
何须头炷香

注:报载大年除夕夜,万人挤爆四马路观音堂,争插头炷香。

鹅卵石

激流中多年翻腾打滚
所有的棱角全磨平了
终以鹅卵的形象展现
粒粒皆坚硬成石中精华
始知大自然也不易将你们击败

诗歌赏析

《头炷香》以“百米竞赛”和“冲刺”生动描写了人们为了能够在观音堂上第一炷香，争先恐后的情形，“逼退”和“抢先”则让这种竞争更加直观和具体化，最后表达了作者对争抢“头炷香”这种行为的否定。《鹅卵石》中“翻腾”“打滚”表现了鹅卵石在激流中的情形，“坚硬”“精华”与鹅卵石在激流中的被“磨平”形成对比，体现出鹅卵石虽然历经磨难，外表被打磨光滑，但内心依然坚韧，最后诗人以感叹结尾，进一步赞美了鹅卵石不被外界改变的品质。康静城的小诗以现实叙述为主，《头炷香》以现实的事件为题，《鹅卵石》则以物为题，希望以此来感染、影响人们去一同体味事物的美好，并学习这些事物所代表的美好品质。

（于　悦）

辛　白

辛白，本名黄兴中，1949年出生于新加坡。北京师范大学文学学士。曾任小学与中学教师、新加坡教育部课程规划与发展署华文专科督学，现已退休。主要写诗和散文，近年来还致力于微型小说与闪小说的创作。曾获新加坡文化部主办的“全国诗歌创作比赛”华文公开组首奖。现为新加坡作家协会受邀理事、推广华文学习委员会邀约驻校作家。著有诗集《风筝季》《细雨燕子图》《童诗45》（五人合集），散文集《音乐雨》等。

野马

一匹野马
只在醒着时拴得住

睡梦里，它常常
在大草原上肆意奔驰

黄莺记事

一只黄莺
从我高楼的窗前飞过
钻入不远处一株黄盾柱木
盛开的花里

变成其中
会移动的一朵

诗歌赏析

《野马》是一首极具张力的小诗。一匹野马本应该在草原上自由驰骋，却被缰绳束缚。它“只在醒着时拴得住”，拴住它的是它的理性。而它最畅快的是在梦里可以肆意奔驰，但是梦境始终是梦境，一切美好都会在醒来的那一刻幻灭。现实的束缚、羁绊与梦境中的自由构成一组显性矛盾，以野马的寓言道出了此诗背后的真意，即现代人的生存状态——“理想”与“现实”的矛盾，“理性”与“感性”的冲突。该诗以“醒着”比喻“现实与理性”，以“睡梦”比喻“虚幻与自由”，以“野马”比喻“人”，短短四句话表现了现代人生存的痛苦真相。

《黄莺记事》是一首欢快灵动的小诗。该诗的一大特色便是画面感极强，诗人的笔似乎变成一台摄像机，将瞬间的画面清晰地记录了下来——一只调皮的黄莺，它好像对黄盾柱木充满感情，“钻”入黄花丛中，并融入其中，一片黄色仿佛有了灵性一般，不停摇曳。此诗的意象带有春天的色彩和生命，“黄莺”“黄盾柱木”和“盛开的花里”连成一片春色，奠定了明快的基调。“钻”字充分显示出黄莺的灵敏与花朵的茂密，而黄莺这一“动”与“花朵”这一静相得益彰，动静之间体现了季节的生命力和自然的可爱之处。真可谓诗中有画，画中有诗。

辛白的小诗或充满了对生存的深刻思考，或捕捉生活中灵动的画面，既有厚重的一面，也有轻松的一面。诗人细腻的心灵有着纤长而敏感的触角，能够感应到生活之于人和人之于生活的各个方面。

（任金刚）

林友赏

林友赏,1949 年 11 月 12 日出生于新加坡,新加坡诗人。祖籍福建同安(今福建省厦门市翔安区)。早年接受了十二年的传统华文教育,后获得新加坡管理学院的企业管理文凭。曾在银行业服务三十多年,2005 年退休。数十年来喜欢涂涂写写。在新加坡的网络平台"随笔南洋网"拥有个人博客空间"友赏来了"(www.sgwritings.com/2550)十年之久,空间发布的文章有两千多篇,点击率达一百多万人次。

情缘

午夜梦醒
别有一番滋味在心窝
是怀念

情归何处
前尘往事更与谁人说
是离愁

"鞋子"的一生

行万里路　说走就走
负荷数十千克的体重
备受路面的煎熬

直到脑袋开花
全身松散
被扔进垃圾桶里

诗歌赏析

《情缘》中诗人多情的笔端触及午夜梦回时刻，那些曾经被遗忘的往事，又浮上心头，点点滴滴，令人无限哀思。曾经的情缘虽浅，但在心中留下过印记，这印记是不可以随意抹去的。也曾有过遗憾，但又能向何人诉说？只有自己在心中咂摸，将这离愁与夜色共同消化。

《“鞋子”的一生》是一首带有哲理的小诗。鞋子被人们穿在脚下，踏遍万水千山，承受着人的体重，忍受着路面的折磨，但是鞋子从来没有发一言来邀功，人们也没有充分认识到鞋子的巨大牺牲。等鞋子到了它生命的尽头，“脑袋开花”“全身松散”的时候，人们只是将它“扔进垃圾桶里”。这样的结局不禁令人们对鞋子产生同情，也暗讽了人们对那些服务和奉献于别人的人，缺乏感恩之心。

林友赏的小诗文辞间透露着细腻的感悟，通过日常的小物件阐发自己的所感所想。一艘孤独无依的小船、随风飘落的树叶、冉冉升起的天灯、被随手抛弃的鞋子，这些寻常物件在诗人的眼中都有着审美意味，诗人细腻的笔触将这些情感刻画得动人心弦。

（符丽娟）

寒　川

寒川，1950年生，祖籍福建金门，担任新加坡、中国等地的宗乡团体与文教组织理事或顾问，主编印尼《国际日报》副刊《东盟文艺》与《印华日报》副刊《东盟园地》，已出版著作20种，主编文选7种。

中华书法

不横行霸道
直走
是我的传统

心胸耿直，不花言巧语
我始终只有一种
颜色

古厝

生我的地方
已然一片废墟

风狮爷不在村口镇守
不挡风止沙
终于一粒沙石飞入我的眼帘

迸出泪水

诗歌赏析

《中华书法》中，诗人将书法这种中华传统文化的大气与正直展现得淋漓尽致。中华书法的传统是“不横行霸道/直走”，足见中华书法经历几千年的传承，并未欺压或凌驾于其他文化之上。且书法笔墨从一而终，“不花言巧语，只一种颜色”，就足以保留书法的本真特色。诗人在对中华书法的赞赏中，阐明了中华书法得以延续的精神品质。

《古厝》表达了诗人对家乡的思念与追忆。诗人的出生地已成一片废墟，心中空怀思念之情已无从寄托。“一粒沙石飞入我的眼帘/迸出泪水”，不仅缘于风狮爷不再镇守村口，不再挡风止沙，更缘于乡土传统的失落，令诗人情难自禁。乡土世界的消逝已成为时代潮流下的常态化现象，如何还原乡土、保留传统也是留给世人的思考。

寒川的小诗弥漫着淡淡的愁绪，仿佛清风徐来撩拨人的心弦。诗人善于展现自己的内心世界，倾诉情感，留有思考，小诗读来令人久久回味。

（孔舒仪）

郭永秀

郭永秀，新加坡工艺教育学院电子信息科讲师。新加坡本地知名诗人、音乐家。现任新加坡五月诗社社长、作家协会理事、作曲家协会会长、东艺合唱团音乐总监兼指挥，历任新加坡及其他国家和地区多届文艺创作、音乐创作、器乐和声乐比赛评审。他擅长作词、写诗、作曲、摄影，擅长将各种艺术融汇在一起形成视觉艺术。已出版5部诗集、1部散文集、1部音乐评论集及1部创作歌曲集。诗集《筷子的故事》曾获新加坡书籍节诗歌组“高度表扬奖”，他的许多诗作亦被选入各国的诗选、诗歌词典及中学、大学教科书。

盆栽

那慈祥的老者
以他的
巧手，以一颗
血红的心
裁出满园翠绿的
盆栽

注：老者指曾心先生。

杧果

累累的杧果
在枝丫上，静静等待
来自远方的客人
到小亭中
把茶香——
喝成满园的诗香

诗歌赏析

《盆栽》短短六句，表达了诗人对曾心老人的夸赞之情，颂扬其如培育盆栽一样费尽心力地为华文事业而努力。小诗中“慈祥”“巧手”等词描摹了曾心先生是一个和蔼友善、善于动手的老人，“血红的心”表现了曾心先生对盆栽的热情与用心，同时也显示了其对华文文化的创作与宣传的用心。尾句中的“满园翠绿”看似在描绘盆栽的枝繁叶茂，实际上肯定了曾心先生对华文文化事业的重视与投入犹如翠绿的盆栽一般焕发着勃勃的生机。

《杧果》这首小诗中，诗人以累累杧果等待客人光临为引子，引出诗人们在曾心先生的后院中欢聚畅聊的愉悦。小诗的最后两句“把茶香——/喝成满园的诗香”运用了通感，将朋友间的喝茶欢聚，幻化为诗和朋友间情感的交流与互通。总体来看，《杧果》这首小诗以水果入诗，增加了新奇性的同时，也贴近了诗人的现实生活，更容易引起读者与诗人之间的共鸣。

正如南子所说：“他是个感性的诗人，多情而不滥情与煽情。”郭永秀的感情总是能恰如其分地与所描述的事物紧紧贴合，体现出其深厚的文学功底。

（金　莹）

成　君

成君，原名成泰忠。1951年6月出生于新加坡，祖籍广东番禺。毕业于新加坡南洋大学历史系。新加坡文艺协会会长、前商务印书馆（新）有限公司董事总经理。成君以诗歌为主要创作体裁，著有诗集《河的独白》（1985）、《淡淡的情愫》（1990）、《地平线上的世界》（2001）、《追逐生命中的光彩》（2012）、《寻找种子的季节》（2016）。成君现主编《新加坡文艺》和《新加坡诗刊》两份文学刊物。2012年获第13届“亚细安文学奖”。

古今一样事

东方古代有王朝
西方当今有议会

其实都是一个样
少数人决定多数人的命运

这是一种人为的逻辑
却绝对不是结论

一次选择

如果生命急促短暂

却只给你一次选择

那无论生活如何坎坷
我还是坚持要创造一个美好的历程
献给心中的理想

诗歌赏析

《古今一样事》开头为我们展示了无论是古代，还是现今，都存在着类似王朝、议会的群体性组织，因而它们同样存在着少数权利者决定多数人命运的墨规。我们应该具体事情具体分析，这样才能让事情向更好的方向发展。小诗标题“古今一样事”直接点出古今存在的种种的相似与联系，可以借古观今，更清晰地看待现今的种种事情。

《一次选择》展现了诗人对心中理想——对文学的无限投入与无比热爱之情。小诗开头设定了急促短暂的生命境遇，且只有一次选择的机会，在这种急迫的情形下，诗人仍觉得要创造一段美好的历程，不仅在经历时可以滋润自己的内心，同时也可以滋润他人的内心。短短的几句话就将自己对理想的热情展现得淋漓尽致，令人感慨万千。

（金　莹）

林 也

林也，原名林益华，祖籍福建安溪龙门镇，1951 年 7 月 11 日出生于新加坡。1972 年，毕业于新加坡南洋大学历史系。2001 年于陕西省楼观台拜全真龙门派中国道教协会会长任法融道长为师，道号兴华。五月诗社社员，诗作、小说等作品散见于国内外报刊。诗作《祖母，午安》入选诗人张默主编、台湾尔雅出版社出版的《七十七年诗选》。其他著作有诗集《花串》（1970 年与张梦野合著）、《8 人诗集》（1975）、《彩色分析》（1984）。

征途——拙作《跑道》截句

你听听檐角雨滴
你看壁上徐悲鸿的马
神采夺人
明天出发时
将是天朗万里

土壤三段

过去
枕着树根
土味中杂着草味

以及　淡淡的
今古诗文的韵味

现在
坐在石凳上
脚下的小径
没有一点泥土
或者碎石

未来
要嗅到土味
恐怕得去动物园
孙辈会惊讶
地上啄食的鸡有羽毛

诗歌赏析

《征途》从墙上徐悲鸿的画作开始联想，联想到无论前面的征途如何艰难，诗人都能够征服。第一句虽然写雨声潺潺，但在观看这幅骏马图之后，精神得以振奋，相信明天"将是天朗万里"。

《土壤三段》中，土地本是人们生存的根本，但如今社会的急速发展已经让人们离土地越来越远了。诗中第一节，诗人回顾过去，人与土壤是密不可分的，人们枕着土地，与土地相依相偎，土地中也有诗文的韵味。第二节，诗人将目光投注到现在，现在的人们已经离开了土地，脚下踩的都是水泥路面。第三节，未来的人们早已不知道泥土为何物，人们已经在城市化的地方生活了太久，难以见到真正的泥土是什么样的，想要见到土壤只能去动物园，而人们已经忘记自然是什么模样了。

（符丽娟）

李宁强

李宁强，摄影爱好者、文学自由创作人。1953 年 5 月 18 日生于新加坡，原籍福建金门。1970 年开始以笔名音涛创作诗文。历任新加坡电视新闻编辑、电视剧导演及监制近三十年。目前担任新加坡书写文学协会副会长，麦波申民众俱乐部摄影学会副主席，新加坡作家协会、五月诗社及新加坡文艺协会会员。2008 年，将摄影与文学结合起来，开始进行一文一图创作。著有《像由心生》《千眼一点》《心田无疆》三本摄影文集及散文集《说从头》。

枯树的坚持

顺着水流看见这瘦笔的苍劲
在清风流窜的早晨演绎孤立的凄美
无视世界又向前跨了一步
因为你存在
所以我看见

自我封闭

黑暗，蚕食阳光撤离的战场
一个不管白天黑夜的人
独自坐在禅里发呆
恍若一颗不发芽的种子

错过了花开

诗歌赏析

《枯树的坚持》虽然只有寥寥数语，却表现了枯树无视自然磨难仍顽强挺立的场景，表达了诗人对其精神的赞叹与称颂。小诗前两句借用了流动的溪水以及流窜的清风引出枯树，顺着水流看到苍劲的枯树，在冷风吹拂的早晨，绽放着孤独的凄美之感。后一句回到枯树本身，描绘其无视环境毅然挺立的姿态，犹如面对世界"又向前跨了一步"。最后两句回到了"我"与枯树之间，枯树因其面对环境时毫不动摇的姿态，才会让诗人从万千景象中看到它，并为它写点什么。而此时，枯树与诗人之间似乎形成了心灵之间的互通，带给我们别样的审美体验。

《自我封闭》描绘了自我封闭的人犹如花儿失去阳光一般失去生机与活力，留给人的是淡淡的哀伤。第一句写出黑暗蚕食着阳光，为全诗营造了一种幽暗深邃的环境氛围。一个人不管时间如何变化，只是"独自坐在禅里发呆"，了无生气。诗的后两句是对前两句的补充，将独自坐立，不受时间影响的人比作"一颗不发芽的种子"；"错过了花开"预示着呆坐着的人同样也失去了人生的种种精彩。整篇小诗弥漫着一种为之叹息的悲伤。

（金　莹）

芊　华

芊华，原名黄明贞。1957 年 1 月生于新加坡，祖籍福建金门。新加坡作家协会会员、世界华文微型小说研究会会员，赤道风出版社社长，《赤道风》四月刊出版人。诗作曾编入选集、大系、诗历。

伤口是一朵花

伤口是一朵花
长在疼痛的悬崖
潜藏的美丽
从时间的眼眸亮出

我不是我

如此仓皇的美丽
渲染在翻白的岁月
让远行的青春
还原以初心
的纯

诗歌赏析

《伤口是一朵花》中的"伤口"有两层含义。第一层指身体上的伤口。伤口本应是丑陋的难看的，但是在诗人笔下，它变成了美丽的花朵。虽然伤口在愈合过程中会疼痛，就如“长在疼痛的悬崖”，但是如花朵一般的伤口却可以消解人的疼痛感，花朵是美丽的，它给人带来愉悦。第二层指精神上的伤口。这样的伤口难以愈合，并给人带来痛苦和折磨。诗人将伤口比作花朵，花朵的土壤是痛苦的内心，就如悬崖一般让人胆战心惊，但诗人并不只停留在痛苦中，她认为应该积极面对痛苦，乐观地超越痛苦。于是，只有经历过风霜考验的花朵才能绽放得更加美丽，此种美丽定会“从时间的眼眸亮出”，就如同破蛹成蝶一般。

第二首《我不是我》表达了诗人对青春的怀念和纯真初心的追溯。“仓皇”表明时间易逝，“翻白的岁月”表示时间流逝青春的色彩不再。已经“远行的青春”让我开始怀疑自我，但愿它能“还原以初心/的纯”。正如本诗的诗题“我不是我”所暗示的，也许那一份“初心”的“还原”只不过是诗人心里的一个美好的愿望。

芊华的这两首小诗，是关于成长的，也是关于时间的。前者表现出对成长中的伤痛抱以一种乐观积极的心态，以一种审美的眼光来观照成长中的挫折，将它们比作时间眼眸中凤凰涅槃后的美丽。后者则是对于时间流逝、青春不再的感叹，但那一份纯真的初心，始终不曾随着青春色彩的消逝而消失。这些由于时间的流逝与成长所带来的无法避免的遗憾，在诗人的笔下，都带上了一份忧伤而美好的气质。

（任金刚）

希尼尔

希尼尔，原名谢惠平，祖籍广东揭阳，1957 年出生于新加坡。现为新加坡作家协会荣誉会长，世界华文微型小说研究会副会长。曾获得新加坡文学奖、新加坡国家文化奖、东南亚文学奖、方修文学奖、国际潮人文学奖、小小说金麻雀奖及世界华文微型小说双年奖等。著有诗集《绑架岁月》《轻信莫疑》，微型小说集《生命里难以承受的重》《认真面具》《恋恋浮城》等。编有《新加坡当代华文文学作品选·小说卷》及《五月情诗选》等作品。

人文遗产

在历代的诗选里存案
在博物院内供人瞻仰
在互联网任人品与评

龙卷风

风的舌尖，触碰到
地面的麻辣火锅
味蕾迅速受到挑逗

舌头如失去理智的鞭子
抽打大地。餐饱后，脑袋

一片狼藉

诗歌赏析

《人文遗产》这首小诗直视人文遗产的现实困境。人文遗产是人类社会进程中的文化积存，是增强民族文化自信的精神力量，它追溯人类文明的起源与发展，亦指明未来前进的方向。当今社会，记录人文遗产的方式多样，它存在于书卷、博物馆以及互联网中，现实的快捷便利，让人们忽视了对人文遗产的关注与记忆。诗人以寥寥数语揭示了人文遗产面临的困境，而现实世界的浮躁与人们精神世界的空虚或许是造成这一局面的原因，积淀深厚的人文遗产亟待人们内化于心，融于社会发展的进程中，发挥它应有的作用。

《龙卷风》结构小巧层次分明，希尼尔以品尝麻辣火锅的感觉形容龙卷风的侵袭，看似风趣实则点明蚕食后的残酷，“舌头如失去理智的鞭子/抽打大地。餐饱后，脑袋/一片狼藉”。正如希尼尔向来对生态的关注一般，龙卷风作为自然界的一种灾害与人类生存息息相关，品尝麻辣火锅是满足味蕾的刺激，而龙卷风的侵袭却是对人类生活的沉重打击。诗人凭借麻辣火锅、龙卷风、抽打等味觉与视觉的感官刺激，意在引起读者的共鸣，呼吁人们关注自然，保护生存环境，构建和谐的人类家园。

希尼尔的小诗结构虽小，但意义格局开阔，蕴含着深刻内涵。他关心人类社会、自然生态、人文遗产，最终归于人的生存境遇，他意在呼吁人们，以宽广视角关注我们生存的世界，平衡各方发展，从而实现人的生命状态的升华。

（孔舒仪）

董农政

董农政，1958年生于福建福州。中学时期开始文艺创作，1977年开始获得多项新加坡全国诗歌创作比赛大奖。曾任《南洋商报》《联合晚报》副刊编辑，是晚报文艺版“晚风”“文艺”创刊主编。现为中天文化学会顾问、新加坡作家协会受邀理事、五月诗社会员。主编《微型小说季刊》《跨世纪微型小说选》。著有诗集、摄影诗集、微型散文合集、微型小说集及七人合集。

快门经过

光和阴琢磨一首短诗
慢跑而过的松鼠
用长镜头锁了下来
正好跃过三十秒

出世

努力了大半天
颠倒颠覆颠沛颠簸
到顶颠
怎么还还还还还还还还还还
在人间

诗歌赏析

《快门经过》将一次极其普通的摄影过程，用诗歌的语言和诗歌的思维表达了出来，带有十足的趣味性和思想性。诗人首先赋予了“光”与“阴”以艺术家的灵魂，它们在某一个时刻“琢磨一首短诗”，而那“慢跑而过的松鼠”是它们灵感的使者，最终成为短诗的内容。于是“用长镜头锁了下来”那松鼠“跃过”的“三十秒”。而这短短的“三十秒”，在光阴的诗中，将被定格成永恒，以一种充满诗意的方式，让人阅读与欣赏。

《出世》中的这个“出世”一语双关，既有出生之意，也有超脱世外之意。只不过前者在诗歌中是显性的，而后者则隐藏在语言背后。从前者的意义上把握，此诗带上了一层荒诞感，正如诗中所说“努力了大半天”，用尽了各种“颠”法，却还是“在人间”。可是这努力的目的不正是为了来到人间吗？真是耐人寻味。从后者的意义上讲，此诗带有一种讽刺的意味。讽刺那些自以为洁身自好超然物外的隐者，颠来倒去的，却其实永远也离不开这个实在的“人间”。

这是两首充满哲理的小诗。第一首《快门经过》对瞬间与永恒的思考与叙写充满了思维的情趣，艺术上轻盈而纯净。第二首《出世》则以一种戏谑的笔调对社会与人生做了现实主义的观照，既有深刻的思考，也有那种出其不意的犀利讽刺。而这些都是诗人用他那看似不经意的笔调自然地完成的，可见诗人董农政诗歌技艺上的成熟。

（任金刚）

伍 木

伍木，原名张森林。祖籍福建晋江，1961 年生于新加坡。北京师范大学文学学士，新加坡国立大学文学硕士，南洋理工大学中文系博士候选人，新跃社科大学中文部客座讲师。著有诗集《十灭》《等待西安》《伍木短诗选》，散文集《无弦月》，诗与微型小说合集《登泰山赋》，文学评论集《至性的移情》等。编有《新华文学大系·短篇小说集》《新华文学大系·诗歌集》（与欧清池合编）和《五月诗选三十家》（与郭永秀合编）。

退伍日

跨过生命的小广场
我们用两年半的岁月换来一个退伍日
一张微不足道的红色身份证

退伍之后，我们都背上沉重的包袱
以年轻的血肉，缓慢的步伐
继续无数个刺眼的白天和星斗的夜晚

凌晨行军

呼吸着新鲜的露水
走过充满野性的草地
让每一颗星辰记下你沉重的脚步

枪很古典，人很现代
此刻，剧烈的心跳将是你多年后骄傲的回忆

诗歌赏析

《退伍日》表现了经历军旅生涯的我们，不仅在身体上得到了历练，同时心理上也改变不少。所以虽已退伍，却仍会像军旅生涯那样坚强地面对生活中的种种困难。诗中体现了我们一如既往的生活习惯，同时也表明了军旅生涯对以后人生历程的洗涤与更新。诗人从退伍这一主题入手，既贴近了人们的现实生活，又传递了自身浓烈的情感。

《凌晨行军》描绘了凌晨行军时的所遇所想，表现了诗人对行军的热切的怀念。前两句中“新鲜的露水”“野性的草地”洋溢着凌晨时分大自然的勃勃生机。这也与后一句“沉重的脚步”相映衬，暗示了凌晨行军的劳累。而星星等万物与己合一的情景，彰显了虽充满疲惫但却昂扬向上的生机。“枪很古典，人很现代”中诗人将两者交织，枪虽古典仍行使其一贯而终的使命。最后一句，诗人将感情提升到顶点，抒发了对行军的无限豪情。

（金　莹）

李茀民

李茀民，笔名木子，1963年11月生于新加坡。新加坡国立大学硕士，复旦大学博士。现任联合国际学院副教授、中美国际学院兼职教授。著有《清虞山诗派诗论初探》，杂文集《我有话要说》《有病呻吟集》，小说集《木子小说》，诗歌集《中国泥人》《诗有别趣》，散文集《真心恋歌》，歌词导读《组句成词》。业余从事词曲创作，作品有影视剧主题曲《雾锁南洋》《舞榭歌台》《咖啡乌》《鹤啸九天》《贫穷富爸爸》，国庆歌曲《家》《全心祝福》等。

寂寞三行

(一)寒窗

醒来，思念是一封一封长长长长的信
我让短短的火柴
一根一根去读

(二)空山

突然发现，空旷的
寂寞，像回声
一样嘹亮

诗歌赏析

《寒窗》描述了冬夜"我"在窗边无尽地思念。"信"，是思念的具象，用长又多的信，来表示无限的思念和孤身在外的寂寞。漫漫长夜，唯有一根接一根地擦亮“火柴”和烛光，才能抒发这汹涌而来的感情。如此景象，不禁让人想起李商隐的诗“何当共剪西窗烛，却话巴山夜雨时”。

《空山》一诗中的“空山”，空空荡荡；“寂寞”，亦是如此。在空山呐喊一声，回声嘹亮；在寂寞的内心深处呐喊一声，我们同样也能清晰地听到来自寂寞心底的嘹亮回响。我们总说“静得连针掉在地上的声音都能听到”，寂寞就是这样寂静却又这样响亮。

（吴　悦）

黄明恭

黄明恭，笔名廷江。出生于1964年，是新加坡一位精通两种语言的精神科医生。他用中文写作，年轻时曾获本地的一些文学创作奖，出版过诗集《我还在梦的斜坡上奔跑》(2015)，散文与小说合集《光海迷航》(2016)，散文集《切片报告》。作品曾入选世华文学研创会出版的诗歌集、散文集和微型小说集。同时还参与《书写文学》刊物的编委工作。

黑洞

帮喝醉酒的阿爸脱下鞋子
惊见鞋底暗藏
一个窟窿，暗张
一个伤口
那夜，六岁的我
梦里出现一个黑洞

一口老井

听闻乡下那口活水
已被时光与野草填埋了
阿爸不信，漏夜
赶回去证实
这一回，轮到他

在月光下对空嘶喊

诗歌赏析

《黑洞》这首诗的特色在于其意象的奇特。“喝醉酒的阿爸”、鞋底暗藏的“窟窿”、暗张的“伤口”、“六岁的”孩童以及他梦里的“黑洞”。这些意象都给人一种不安的感觉，同时这些意象都带有或安静或灰暗的色调，使整首诗在氛围上如同一座中世纪的古堡，阴森恐怖而又威严庄重。这首诗抓住了孩童在看到醉酒父亲鞋子下的那个破洞时的瞬间的感觉，并将之延续到了“梦”里。而梦里的“黑洞”虽说是那个伤口一样的窟窿的幻化，但内涵的意义却要远远超过它。诗人将自己的感受以一种象征的手法写出来，其中的韵味则留给读者慢慢根据各自不同的独特经验去生发和丰富。

《一口老井》是一首安静的诗，如同“已被时光与野草填埋了”的枯井，发生在它周围的那些陈年往事，即使曾经是多么的轰轰烈烈，如今也早已和这一口干涸的水井一样沉默了。同时《一口老井》也是一首响亮的诗，因为虽然那些往事已在大的历史中湮灭，但个人的历史，却总是牢牢地铭刻在各自的心灵，所以“阿爸”才连夜赶回去证实。但是事实不能更改，正如时光之不能复返。所以“这一回，轮到他/在月光下对空嘶喊”。这一声来自内心深处的嘶吼，可算是对于自己逝去时光的祭奠。是“阿爸”的，也是属于每一个不再青春的人的。

综观黄明恭的这两首小诗，都有一种沉静的气质，但在这一气质之下，却又分明都带着一种如夏日闷雷似的轰响。使人在接受和欣赏这些诗的时候心头猛然一惊，于是万千的感慨随之在心头萦绕开来，并最终从中领悟到一丝真意。

（任金刚）

语 凡

语凡，原名曾国平。生于1964年，新加坡人，新加坡文艺协会理事，锡山文艺理事，现为会计师。出版诗集《逝去的羽光》，散文诗集《语凡散文诗选》。诗文在新加坡的《新加坡文艺》《新加坡诗刊》《赤道风》，印尼的《东盟园地》，马来西亚的《清流》，中国台湾地区的《葡萄园诗刊》《海星诗刊》《野姜花诗刊》，中国香港的《声韵诗刊》等几十个刊物上发表。

一排少女

那一排树像少女
站在季节的路上换着衣服
衣服换完
一年也就过去了
她们又继续嘻嘻哈哈地忙着

站岗

一夜与时间并肩等待
和细雨同歌
向孤影吟诗
慢慢品尝一丝苦涩
青青子衿
那是时间的芳香

诗歌赏析

在第一首《一排少女》中，诗人以“少女”这个意象比喻随着季节变换颜色的树，使得整首诗也因为这个意象而明丽和生动起来。少女的变季换衣也许有着追赶潮流的意思，而树的颜色变换则预示着时光的流逝。诗人在这首诗中用轻巧的意象思考了一个深刻的时间哲理，可谓四两拨千斤。

第二首《站岗》中的意象是低沉的——“夜”“细雨”“孤影”“苦涩”共同塑造着“时间”忧伤的气质，但诗人也从这寂静中品得了真意。“那是时间的芳香”诗人如是说。这首诗是低沉而温暖的，而非消极的。

这两首小诗使我们感觉到诗人语凡对“时间”有着一颗极其细腻和敏感的心。诗人用充满画面感的诗句表达自己的情感和思绪。也正因为这些充满画满感的句子，原本抽象的情感变得具体可感了。同时值得注意的是，诗人对自己情绪的把控力，使得他的诗看似轻描淡写，却显出一丝丝思想的冷峻。

（任金刚）

刘瑞金

刘瑞金，1971 年出生于新加坡，祖籍福建同安。新加坡作家协会副会长，《新华文学》总编辑。其创作以诗歌和散文为主，已出版的著作包括诗集《若是有情》(1994)、《用一种回忆拼凑叫神话》(1996)以及散文集《众山围绕》(2001)，主编《新加坡的 99 幅文学风景》(2004)、《新马高铁之微型小说》(2017)等。1999 年获新加坡国家艺术理事会颁发的青年艺术奖(文学)，同时担任驻校作家、创意写作计划导师以及多项文艺创作比赛的评委等。

梦

眼神把梦都吊在衣架上了
只静待它发出响亮的憧憬
像闹钟般呜呜呜哭
然后震醒整个寰宇

海的话

都说了海水不断澎湃
泥沙不停堆积
日子把自己叠得高高在上

而风仍在推波助澜

为自己添加风霜

诗歌赏析

《梦》是一首抽象派风格的诗，而这种抽象风格首先是由里面的意象营造出来的，如“梦”“眼神”“憧憬”“呜哭”“寰宇”等，它们共同塑造着“梦”这个诗题在这里的特质。有趣的是，诗人用的是一些十分日常和具体的意象来串联这些抽象的意象，如“眼神把梦都吊在衣架上了”中的“衣架”，“像闹钟般呜呜呜哭”中的“闹钟”，这些意象的使用使得这首抽象的诗表达出的抽象的感受，有一个具体的入口，供欣赏者进入它的意境当中。

《海的话》这首小诗述说的却是一个大的真理。表达了人在生存中的一种渺小和无奈，天地是无情的，不会因为人而改变自身的法则，所以澎湃的“海水”不会停下，堆积的“泥沙”不会减少，“日子”只会越来越高。可这还不够，还有“风”来增加“风霜”。诗人在这首描述式的诗中，表达出了一种思索式的哲理。

刘瑞金的小诗，或以独特的方式表达自己瞬间的抽象感受，或以生动的场景隐喻自己对现实生活的感悟。但无论是以何种形式，都显出了一种简明而深刻的哲理性，使人掩倦而思时，回味无穷。

（任金刚）

陈志锐

陈志锐，副教授，曾在台湾师范大学修读国文，获得英国莱斯特大学商业管理硕士学位、新加坡国立大学英国文学硕士学位、剑桥大学汉学博士学位。现为新加坡华文教研中心院长(研究与发展)，新加坡国立教育学院亚洲语言文化学部代副主任、终身教授、博士生导师。曾获新加坡金笔奖，新加坡全国青年短篇小说、散文征文奖，新加坡国家青年艺术家奖，新加坡杰出青年奖，方修文学奖，陈之初博士美术奖。创作并主编的华文作品、中英文学术论著逾20种。

环球影城

我们在电影中看真实
又到真实中找电影
兴奋且虚荣地以为
这就是
环球

写在迟到中

迟到的4分钟路上
我以时速100公里的心跳
闪过3辆车2个人1只猫
只是该死的绿灯

竟敢比我还迟

诗歌赏析

《环球影城》开头以“现实”与“电影”形成对比，揭示了现代社会人们在虚拟、人为构建的环境中看待现实，并被这种构建的虚拟环境所误导，认为这就是真实。最后的“环球”一语双关，既指题目中现实的“环球影城”，也指世界。诗中透出作者对于这种现象十分痛心，希望人们能够不为虚拟的媒介环境所迷惑，真正看清现实。

《写在迟到中》是一首颇具生活趣味的小诗，生动地反映了诗人在迟到路上的情景与当时真实的心境。“时速100公里”形容心跳，“闪过”一词，表现了诗人在路上灵活的状态，最后两句抱怨“绿灯”来得“迟”，表达了诗人心中的懊恼，也使之前带给读者感同身受的焦急情绪，在这一声抱怨中慢慢消解。

（于　悦）

周德成

周德成，1973年生于新加坡，英国剑桥大学亚洲学博士生，曾任新加坡国立大学中文系兼职讲师、南洋理工大学教育学院特任讲师。曾获2009年新加坡金笔奖和2014年新加坡文学奖。新加坡作家协会受邀理事、书法家协会评议员、历届新加坡作家节及2014伦敦图书展新加坡推荐作家。2012年出版诗集《你和我的故事》，其中有些诗作被译成英、法文，参加2012年巴黎诗歌节，并被欧洲艺术家改编成后现代音乐、短片和绘画艺术。2015年组诗《五种孤独与静默》被改编成动漫短片在院线公映，2017年有五首诗被拉萨艺术学院学生改编成七部短片。

文明

车子驶于一条新建的高速公路
父亲回头对我说：
那是你曾祖100年前躺过的
坟地

战争死难纪念碑前

我们将一直用鲜血换取毁灭和泪水
直到学会手持鲜花，彼此相爱

诗歌赏析

《文明》揭示了社会文明进程中牢记传统的必要性。“新建的高速公路”与“曾祖100年前躺过的/坟地”形成鲜明对比，诗人在《文明》中告诫人们，人类文明随着时代洪流前进，并不意味着舍弃传统忘却本质，现代文明立足于传统文化的内涵才得以发展与延续。因此，社会进程中需平衡文明与传统的关系，于彼此间互相交融，历久弥新。

《战争死难纪念碑前》表达了诗人对战争的憎恨与愤怒。战争硝烟弥漫之处，无不充斥着死亡、泪水、悲伤，被恐惧笼罩着的人们无法掌握自我的命运。如今，人类的命运紧密相连，和平已成为世界的主旋律，但战争的硝烟并未全然消散，仍处于不断磨合的过程中的人们要“学会手持鲜花，彼此相爱”。

周德成的小诗着眼于人类命运，从文明进程及生命状态出发，聚焦时下热点，展现了宽广的创作格局，语言点到为止却回味无穷，为读者留下思考与探索的空间。

（孔舒仪）

吴友明

吴友明，别名阿吴。祖籍福建金门，新加坡公民，1957年出生于马来西亚雪兰莪州巴生市。1963年就读于新加坡兴亚小学，中学则在河谷(RV)受教育。曾经在中文书业部工作。新加坡文艺协会、热带文学艺术俱乐部和书写协会会员。1980年开始学习写作，并在报刊发表作品。与海洋文艺社文学小组成员合著《旅歌集》(1989)、《错误的美丽》(1991)。2003年12月出版个人诗文集《街的故事》。

黄昏

难得的宁静
难得的清闲
一任夕阳把自己
点染成
彩霞满天

后宫

隔着一层玻璃
望着满街流行的华丽衣裳
懒洋洋地吊住，我的
佳丽三千

诗歌赏析

《黄昏》一诗中，诗人描绘了一幅舒适宁静的夕阳美景，开头两个“难得”，表现了此情此景难能可贵。也许诗人一直像常人一样忙于奔波，很久没有感受过片刻的宁静，眼下这“一任夕阳”是多么美好，把自己也点染成彩霞满天。“彩霞满天”的美景也映衬在诗人身上，使眼下这“难得”更加可贵，“彩霞”不仅点染了天空，也点染了诗人的心，让读者随诗人一起感受到了夕阳无限好的宁静安心。其实也表达了诗人内心希望远离烦恼，对这种悠闲自在生活的渴望。

《后宫》这首小诗让人眼前一亮，一幅绚丽多彩的画面映入眼帘。诗人把满街的流行衣裳比作了后宫的“佳丽三千”，可谓是想法独特。首句“隔着一层玻璃”，诗人站在玻璃外面看着他的“佳丽三千”，“佳丽三千”也代表了一种欲望。“懒洋洋”三个字用得非常生动，似乎把衣裳写活了，赋予其人的情感。其实诗人也是把华丽的衣裳比作现代人的欲望和追求，人们在用华丽的衣裳来填补内心的空虚寂寞。整首诗展现的是一幅现代都市华丽万千、物欲横流的繁华景象。

（张瑞坤）

马来西亚卷

金　苗

金苗，原名黄金声，1939 年出生于马来西亚首都吉隆坡，祖籍福建永春。1956 年毕业于吉隆坡尊孔中学，1958 年底至 1960 年于新加坡工艺教育学院工程系肄业。17 岁进入杏坛工作，从事华文教育前后长达 54 年。20 世纪 50 年代末开始写作，先创作散文，两年后醉心于读诗和写诗。大马华文作家协会永久会员、《风雅颂》诗刊编委、《爝火》文艺季刊副主编。已出版诗集《嫩叶集》(1975)、《我们都是一家人》(1983)、《马来西亚是个好地方》(1983)、《蓓蕾集》(2012)、《鲜花集》(2015)。

爱国者

头顶祖国的天空
脚踏祖国的土地
活着为了祖国的黎明
死去为了祖国的春天

线

画一纵线在中间
把黑白分开
善良者在一边
邪恶者在另一边

诗歌赏析

《爱国者》以浅显的语言表达出爱国者的真实内涵。“头顶祖国的天空/脚踏祖国的土地”运用了对偶的修辞手法，既表现出了祖国大地对其的支撑，同时也表现了爱国者对祖国的支持，从而体现了两者相互依存的一面。后两句“活着为了祖国的黎明/死去为了祖国的春天”同样也运用了对偶，以“活着”“死去”两个阶段所做的贡献来表现爱国者无论生、死都只为国家着想的无私奉献精神。

《线》这首小诗以短短的四句将社会中的黑白善恶清晰地加以区分。由此可以看出诗人对于社会中黑白不分、善恶不明的现象的厌恶与指责。同时将线以实化虚，充当起区分黑白的界限，也可谓是新意迭出。

（金　莹）

冰　谷

冰谷，原名林成兴，1940 年生于大马霹雳州江沙，就读于当地的崇华中学。毕业后历任橡胶、可可、油棕园经理，为大马作协、亚华、世华会员，现任作协槟吉玻联委会主席。出版新诗、散文十余部，作品被收入国内外 20 余种文选，多篇散文入选马来西亚中、小学教材。作品题材多为自然风物。2012 年荣获第 13 届亚细安华文文学奖，2013 年入选崇华百年庆杰出校友奖，迄今创作不辍。

萤火虫

提着灯火到处
焚烧

从草，还是
笑语盈盈

〈诗外〉谣言止于智者：清者自清，浊者自浊。

向日葵

失去方向
只好跟太阳
流浪

所以到了夜晚
便在黑暗里
丧气

〈诗外〉不敢面对现实，就像向日葵。

诗歌赏析

《萤火虫》这首小诗共两节四句，萤火虫照亮了丛草，却被认为是焚火烧草。生活中，我们或许常常会遇到和萤火虫一样的境况，但是身正不怕影子斜，真相终究会大白于天下。真正的智者，不会只被眼前的现象所迷惑，而要能透过现象看到本质，不随波逐流，不妄加评论，或许这也正是诗人所要传达给我们的道理。

《向日葵》这首小诗两节六句，诗人通过自己独到的视角，为我们揭示了向日葵的心理，一直跟随太阳流浪，夜晚却只能垂头丧气。提到“向日葵”我们常常联想到向往光明，积极乐观的态度。但是诗人反其道而行，抓住了夜晚垂头丧气的向日葵产生联想，向日葵跟随太阳只是因为它找不到自己的方向。正如诗人自己所揭示的，“不敢面对现实，就像向日葵”，给了我们不一样的感悟与体会。

冰谷的小诗，内容简洁，主旨深刻，所描写的事物虽然都是我们日常生活中最常见的，但是诗人总能从寻常之中找到不寻常的点，能跳出世人理所当然的思维定式，并从中找到不一样的视角，表达自己别具一格的观点，诗思独特，令人叹服。

（刘世琴）

钟夏田

钟夏田，原名钟泽才，马来西亚公民，生于1942年。曾任报馆文艺版主编、新闻版编辑与社论主笔。为马来西亚华文作家协会创会发起人之一，并担任过主席，现为顾问。著作有《鲜花集》（诗集）、《小城恨事》（长篇小说）和《太阳在西边升起》（政论集）等多种。目前是马来西亚《风雅颂》诗刊编委。

人生

嬷嬷银发生辉
孙子孙女总围着她闹

大孙才撒了尿
小孙又拉一裤屎
小小孙　吵着要喝奶
嬷嬷轻叹　没完没了

哲学家

他是哲学家
看山不是山　看水不是水

那天他抱怨
看美女是白骨精

他要做回常人
看山是山　看水是水

诗歌赏析

《人生》中诗人将人一生中的不同时间段放在同一个画面中，孙子孙女的无知玩闹，老奶奶不停地忙碌，这样匆忙而喧闹的场景就是人生的常态。年迈的奶奶已经经历了人生的太多磨难，对一件件需要忙碌的事情既无奈又感到幸福，因为人生就是在这一串串的忙碌之中而生出意义来的。

《哲学家》中钟夏田笔下的哲学家有着至高的学问，却无法拥有正常的生活，这无疑是对那些自视甚高，但是境界却还很浅薄的自以为是的人的无声嘲讽。

钟夏田的诗歌中带有辩证的哲思，不落窠臼。对人生世事都有自己独特的思考，与别人的观点迥然不同。钟夏田的笔下，人生碌碌，但并不是没有意义，正是这忙碌的人生才谱写出一代代的绵延之曲，让生命的歌声一直响亮。世间的一切都有其呈现的方式，区别只是有的人能够领会，有的人却执迷其中。钟夏田的哲思，令其诗作与众不同。

（符丽娟）

李楠兴

李楠兴，1947年生于马来西亚彭亨州文冬市，祖籍广西容县，毕业于中国台湾政治大学。自金融市场退休后，晚年一直与诗歌共舞。1978年获槟城南大校友会新诗创作公开赛第四名；2012年作品入选“广西诗文选”丛书；2014年获吉隆坡福建会馆双福文学诗歌组优秀奖，《卷起帘诗集》获基金资助出版；2016年《山涧路诗集》获马来西亚嘉应属会联合会基金赞助出版；2017年出版《童年诗集》和《晨语诗集》。目前是吉隆坡《风雅颂》诗刊编委，为马来西亚华文作家协会及东南亚华文诗人笔会永久会员。

李楠兴日莱峰游记

（一）

峰上含烟叠翠
人来日不来
千里白云凝聚
情牵山头
换来袖下一夕清风
情多情少刚好是一壶

（二）

风吹歪了日莱峰
日向东沉
青春小鸟回来了

开始爱上西出的太阳
倒退的往事浪漫如泥
把天真涂在脸上

诗歌赏析

《李楠兴日莱峰游记》中的第一首小诗展示了一幅云雾缭绕的日莱峰的景色，“叠翠”一词将日莱峰的层次感写得分外生动，“人来日不来”更是写出了躲在白云后的太阳的调皮感。白云的凝聚勾起了诗人的情绪，最后两句“换来袖下一夕清风/情多情少刚好是一壶”最能抒发诗人的情感，刚好“一壶”情感，把这份情感写得具体可感，使人读来更觉感情的舒畅。

第二首小诗，开篇两句“风吹歪了日莱峰/日向东沉”，看似荒谬，但风即使再大，又怎么可能吹歪日莱峰；太阳向来东升西落，怎会向东沉？这种不寻常揭示了时间的倒退。诗人描述自己登上了日莱峰，俯仰之间，时光倒退到了青春岁月，往事浪漫如泥，抒发了诗人对于青春过往的感慨与怀念。

李楠兴的小诗通过自己登日莱峰的所见、所闻、所感，抒发了对于光阴未老人亦有情的感慨。诗歌语言精练，诗人善于使用虚实结合之法，给人一种时空错乱的玄幻感，以及回归到现实中的无限感慨。李楠兴的诗歌随性而发，诗中景象随心情变化，不拘于常规，常常给人一种新鲜、意外之感。

（刘世琴）

苏清强

苏清强，马来西亚华裔，出生于1948年。从事教育工作，退休前曾担任十多年中学校长。平日多写散文和诗，参加过海天诗社、金石诗刊、马来西亚华文作家协会、风笛诗社（美国）、东南亚华文诗人笔会等文学团体，曾担任马来西亚华文作家协会副会长。已出版诗与散文著作二十余本。除写作外，也在国内参加文学活动，参与文学营讲座、文学创作比赛评审，以及诗歌朗诵的演出活动，把诗歌带进民间。

孤岛

风雨滂沱　大水滚滚
苍天呜咽　万物哀号
一条街巷一个村镇陷落

骤然间浮现了一座孤岛
生活断了轨迹，人心焦灼如焚
亟待着舟楫出现，救济送到

灾区救护

这一夜暴雨如麻灾讯频传
他们挥别馨香的睡梦

一身武装赶到灾区
循声探查涉水救护
受困无助的老弱寡幼灾黎
以胸臆滚烫的爱去慰藉每颗惊吓的心

注:2017年11月4日这天,位于马来西亚北部的槟州、吉打州暴雨持续下了十多个小时,许多地区灾情严重。仅以小诗数则,记录当时的情状,并祝愿灾黎早日脱困,重建家园。

诗歌赏析

《孤岛》中,诗人将人们面临灾难时的孤独无依表现得淋漓尽致。暴雨滂沱之中人们陷入孤岛的困境,这种困境让人们心生惶恐,不知道迎接他们的将会是什么。暴雨不停歇,破坏了人们生活的正常轨迹,人们在滂沱的大雨中,在一个个村落孤岛、小镇孤岛上等待着救援他们的船只。诗人将被大雨淹没后的村镇称为"孤岛",一方面写出了这些地方被淹没的状态,另一方面将人们在灾难面前的孤独呈现出来,使人们对洪水的认识更加直观。

《灾区救护》中,诗人转换视角,将目光投向那些为灾区提供救助的人。这些人原本在酣睡之中,但是灾情降临,讯息"如麻",灾情紧急,容不得半点犹豫,立刻就要奔赴现场救灾,他们身边也有挚爱的亲人,但是为了更多的亲人,他们不顾自己的安危。在灾区人民的眼中,这些从各处赶来的救灾人士就仿佛降临人间的天使一般,因为他们给这些受灾百姓带来的不仅仅是物资的帮助,更是希望,对明天的希望。诗人用紧凑的节奏,将救灾战士赶赴灾区现场的紧张氛围刻画得十分生动。

(符丽娟)

林佩强

林佩强，笔名林沛，马来西亚槟城人，生于1950年。早年毕业于马来亚大学（英国殖民时代）机械工程系，退休后曾担任学院高等数学讲师。

三月窗

山岳恒如远影
向晚的孤独封闭中涌出一道光
搜寻迷雾中模糊的方向
拭明三月窗的山水
残云如一袭褪色的旧棉袄
倾听蝉嘶虫鸣此起彼落

短颂诗

你是耀眼晚霞中的怪兽
黑轮廓的身影试图打开那扇神秘的窗框
你孤零零坐在理想的辐条上
执着与光融为一体
在这夜，当无人能在晚霞中获取晚霞
第六感告诉你，那里有你可见的永恒

诗歌赏析

《三月窗》引领着读者领略了马来西亚三月的风光。“三月”一词点明时令，马来西亚属于热带海洋性气候，终年炎热多雨，在中国，三月应该是春暖花开的季节，不会有蝉鸣的。“窗”在诗人笔下就是一个媒介，通过它来感受世界。在诗人的眼里，三月就是一幅画，有山岳，有光，有水，有残云，还有蝉蜥虫鸣。诗人将残云比作旧棉袄，生动形象，新颖独特。

《短颂诗》，从题目中就可以看出该诗的情感基调——歌颂。诗人一边说“怪兽”“黑轮廓的身影”，一边说“执着与光”，二者形成鲜明的对比，有力地突出了一颗在黑暗中追求理想的执着的心。诗人借此来歌颂那些执着追求理想的人，充满正能量。

林佩强笔下的小诗就像三月的春风，柔和而温暖。诗人多从小处着手，表达自己的一些看法。从这些小诗中，可以看出诗人关心国家与人民，关心未来，是一个具有忧患意识的诗人。

（李笑寒）

朝　浪

朝浪，本名萧锦钟，祖籍海南文昌。1953 年出生于马来西亚霹雳州安顺。1971 年高中毕业后，在一家公司任职直至退休。1972 年开始文艺创作。1996 年 3 月被选为霹雳文艺研究会理事。已出版的作品有：散文集《八月的庭院》(1978)，诗集《渔火吟》(1979)，散文合集《行吟图》(与暮静合著，1980)，诗集《布扇》(1993)。诗作于 2013 年被选入《马来西亚海南诗文集》。

狂风暴雨

口吐狂傲
树倒浪翻
亿箭射出
乐土成灾

听夜雨声

穿着黑色雨衣走过
夜，冰冷寂静的庭院
蛙群松了咽喉挺胸高歌
窗前摇摆的风铃
挂着一串诗句
夜色中闪烁

诗歌赏析

《狂风暴雨》这篇小诗将狂风暴雨袭击小岛的景象，展现在人们的眼前。“口吐”将“狂风暴雨”拟人化，接下来“树倒浪翻”准确地描写了狂风暴雨的猛烈，为“乐土成灾”做铺垫，表达了诗人对于狂风暴雨中受到侵袭的人们的悲悯，以及对乐土成灾的伤感。

《听夜雨声》前两句从描写身边现实的环境入手，引出诗人对夜雨中的庭院安静、富有诗意的感受。“挺胸高歌”将蛙群拟人化，而“挂着”“诗句”将诗意具象化，再现了夜雨中心怀诗意漫步的诗人，以及诗人心中诗意的景象。

（于　悦）

陈川兴

陈川兴，笔名沈穿心等，1954 年 8 月生于马来西亚雪州巴生市。曾主编《天狼星诗选》。著有《传统的延伸》、《土的掌纹——14 行诗》、《图与诗集》、《迷河》（诗集）、《金宝战壕与悲情岁月》、《百年金宝 1886—1986》（历史）、《龙生史录》（传记）。

镜子的故事

（一）

摸着镜子
把偷来的咒语魔杖或暗号
穿过弧线，从墙角等待曝光

（二）

镜子叙述下的余生
把光留给月亮
让李白在水里重组还魂

诗歌赏析

《镜子的故事》（一）中，诗人将目光放到常见的镜子上，从这常见之物中，诗人体味出别样的诗意。“镜子”似乎总是与魔法有着某种神秘的联系，也许通过镜子真地能够得到某种神力。诗人“摸着镜子”，似乎与镜子在进行密切的对话，希望镜子能够达成所愿，也许下一次的“曝光”，就是镜子发出的回应，诗人的这种秘密心愿也能够在镜子的光芒中达成。

《镜子的故事》(二)中,诗人以独特的手法将“镜子”“光”与“水”这些本来无关的事物组合在一起,任其发生奇妙的反应。镜子会反光,正如月亮是借用反光而从太阳那里得到光亮一样,镜子也是以这样的方式得到光亮。而平静的水面经常被比喻为新开的镜子,这新开的镜子中不知能否照出李白的魂魄,让诗仙重返人间。诗人放开自己的想象,任由其驰骋,以小小的一面镜子联系古今,而抒发出不同的意蕴。

陈川兴的诗短小而充满着想象和哲思。由一面小镜子,想到其经常被赋予的神秘意义,在与“光”“水”的联想中,看到这是一面联系古今的镜子,在诗人的笔下能够照见那些已经消逝的英魂,让那些伟大的人物也赋予这小小的镜子不同的生命意义。他的小诗,以小见大,让人可以在诗作中放飞自己的想象,任由诗人引领,走向新的天地。

(符丽娟)

李宗舜

李宗舜，原名李钟顺，易名李宗顺，笔名黄昏星。祖籍广东揭阳，1954 年生于马来西亚霹雳州美罗瓜拉美金新村。1974 年赴中国台湾，曾就读台湾政治大学中文系。曾任神州诗社副社长，现任马来西亚天狼星诗社常务副社长。

静好

在墙角
静坐伸展
一枝独秀

没有花
全都是绿
就是静好

谁在横行霸道

螃蟹岛的澜泥
千百只螃蟹在浅泳
它们横行但还是爬
不像岛民站上舞台
就是霸

诗歌赏析

《静好》共分为两小节，描写了在墙角独自生长的植物。之所以说是植物，是因为作者在诗中说“没有花/全都是绿”。或许因为绿象征着和平、希望和生命，所以作者认为，全都是绿，便是岁月静好。其实，百花竞放何尝不是一种盛世之景。

《谁在横行霸道》通过螃蟹类比，把霸道的岛民比作是横行的螃蟹；通过对比，说明岛民的霸道比螃蟹更甚，螃蟹再横行也只是爬，而岛民只要站在那里就是“霸”，显得十分生动形象。只是不知作者笔下的霸，是否还有威风之意？

诗人李宗舜善于运用比喻、拟人、对比等手法，也善于联想身边细微的事物来表达感情。李宗舜诗中的表现手法也比较多样，倒叙、象征等手法用起来得心应手。细读他的小诗，会让人点头称是、会心一笑。

（吴　悦）

陈秋山

陈秋山，出生于1961年。原籍广东普宁。现居住于马来西亚北部吉打州的一个小村落——加拉岸。国际华文诗人笔会会员、东南亚华文诗人笔会发起人及创会理事、马来西亚华文作家协会会员、《风雅颂》诗刊编委等。出版诗集《大海与我》《一树芬芳等你》《秋山短诗选》《海浪的掌声》《我在寻找一道光》《山行者》等。

夜

黑暗
统治了世界
光明
却在黑暗里诞生

风扇

不停旋转
凉了别人
累了
自己

诗歌赏析

通过《夜》，作者想要告诉我们的就是黎明诞生于黑暗，白天与黑夜相生相克，没有黑夜，又哪来的白天呢？人生中，这样的矛盾比比皆是，所以中国传统思想提倡的是“中和”“和谐”。在这个矛盾的世界，凡事都有两面性，不可走极端。

《风扇》运用拟人化的手法，把风扇比作人，还是一位全心全意为他人服务的人，辛苦了自己，却在炎炎夏日为他人带去了清凉之感。诗人以风扇喻人，恐怕也是对世人待人接物的一个善意提醒。

陈秋山的小诗简洁明了，一般都只有几字；所要表达的道理也是较为浅显易懂的。但越是简单的道理，我们越是容易遗忘或是不重视，作者以其清晰的逻辑、平实的语言，为我们做了很好的归纳总结。

（吴　悦）

方　路

方路，原名李成友，1964年出生，马来西亚槟城大山脚日新独立中学、台湾屏东技术学院毕业。曾获花踪新诗首奖、时报新诗评审奖、海鸥新诗评审奖、大马优秀青年作家奖。著有诗集《伤心的隐喻》《电话亭》《白餐布》及诗选《方路诗选Ⅰ：1993—2013》。现任《星洲日报》高级记者、马来亚大学深耕文学创作课程讲师。2017年创办“阿里路路 alilulu”平台。

马尾发

马尾在你的背肩上摇曳
浅蓝浅浅蓝的塑料圈捆成一束小小的风景
好风光的发丝摇成我侧面
看你的坚持
还有浅浅寂寞

腰

如蛇的蜿蜒
从臀的左右摆了一个时辰的蠕动
从我的视野滑出了滋润的葫芦的站姿
如果腰是你一座断崖我是
悬崖上
蓝色的欲望

诗歌赏析

《马尾发》写的是女生的一种发型，可诗人只是在写发型吗？当然不是，通过“马尾发”，作者吟咏的女孩，或许就是心中那个爱而不得的女孩。《马尾发》一共就一节，写了扎马尾的发圈、马尾的背面、侧面等活泼俏皮之美，流露着深深的怜爱之意。这本可以理解为对爱人的描写，可最后一句，让我们读出了些许悲伤之感。

《腰》和《马尾发》类似，写的是此物，表的其实是彼物。而《腰》的表现手法更为细腻、奔放，从对女人的腰这一细节描写出发，淋漓尽致地刻画出了一位婀娜多姿、万千风情的女性，一位让人“望腰生欲”的女性。作者把腰比作是断崖，既表现了女性身材的曼妙，又或许多少还有一些“色字头上一把刀”的意味吧！

方路是一位善于捕捉细节的诗人，不管是“马尾”“腰”，还是鱼鳞、雨后小鸟，生活中的点点滴滴，都能够成为他写作的对象，创作的灵感。方路对细节的刻画既细致入微，又惟妙惟肖，在他的描写下，读者能做到“以小见大”。

（吴　悦）

王　涛

王涛，马来西亚华文诗人，1965年出生于马来西亚霹雳州邦咯岛。2014年获得新加坡首届方修文学诗歌奖，2017年获浦江全球诗歌赛奖。出版诗集《渔人的晚餐》《只有浪知道我们相爱最深》《醋熘白菜》《再战大海》《王涛诗选》《你醒在海醒之前》等。国际诗人笔会会员、世界华语诗盟会员、东南亚诗人笔会会员、马来西亚作家协会会员，担任欧亚丝绸之路国际诗社副社长，现任马来西亚霹雳曼绒文友会主席、《风雅颂》诗刊编委、《爝火》文学季刊作者。

红甲虫

人的街道太拥挤
高速大道要付费
我逍遥游，在上帝的叶子上

八哥

人讲的话
已
那么难懂

何况你
是鸟

诗歌赏析

《红甲虫》中，诗人刻画了人类社会拥挤的生存图景，与红甲虫恣意的生活方式形成鲜明对比。现代都市生活挤压了人们的生存空间，街道过于拥挤，高速大道却要收费。红甲虫逍遥的生活并非建立于对客观世界的改造，而是充分利用了自然的馈赠，仅寄居一片叶子便可令它逍遥旁观人类世界的繁忙。诗人感慨，我们总在寻找最适合的生存空间与最便捷的生活环境，为之付出诸多努力，却忽视了自然馈赠给我们的财富，即现代都市仍应敬畏自然的力量，依靠自然生存，还原生活最本真、纯粹的模样。

《八哥》以简短的话语叙述了人际交往中的反常现象。八哥学舌虽然有趣，但是生涩难懂，令人哭笑不得，原本有趣的生活现象逐渐成为人际交往中的怪象。人们通过话语维系彼此间的情感，使话语成为工作与生活的必要环节，但往往因过于讲究话语艺术而使得沟通晦涩深奥，使人际交往失去了真实性与可靠性。但人们似乎并不介意这一怪象，依旧深陷维系表面和谐的窠臼。诗人借八哥反讽伪善的社会交际，并告诫人们，人与人之间需要真诚相待，才能长久和平相处，从而实现整个社会整体的稳定与团结。

诗人的创作取材于生活，红甲虫与八哥源于现实世界，诗人从个人体验出发，关注人类的生存命运，于细枝末节处折射哲理情思。诗人指引读者，做生活的有心人，感悟人生，升华人生境界。

（孔舒仪）

冯学良

冯学良，笔名林野夫，祖籍海南万宁，1965 年生于马来西亚砂拉越州，1966 年 3 月随家人迁居沙巴州迄今，目前定居亚庇市。曾出版三本散文集、四本诗集及两本小说集，部分作品收录于马华文学大系及国外文学刊物，获得两次“双福文学奖”(马来西亚全国新诗组奖)及一次“琼崖奖”(马来西亚全国新诗组奖)，目前是马来西亚华文作家协会(大马作协)永久会员，亦是大马作协沙巴联委会主席。

思念

总会在夜深雾重时刻
探出窗口
心慌慌探测温度

天凉了
多添衣着

故事

雨来了
一把伞　于是撑起
两颗心
雨走了

伞　于是把任务
交给了太阳

诗歌赏析

《思念》这首小诗采用五句两节的形式，前三句为一节，后两句为一节。第一节描述了一个场景，夜已深，雾气凝重，窗边，一位满怀思念的人儿却探身向外，用自己的体温感知天气的凉意。第二节是由两句我们常说的关怀之语构成。这首小诗语言质朴无华，诗中无半句提及"思念"之情，看似平淡，但字里行间又让人感受到其关心之情。小诗第一节重点以景物描写来烘托思念之情，第二节却以日常生活中最常见的关心话语结尾，感情表达上抑扬顿挫。整首诗的风格与东汉末年动荡岁月中的相思离乱之歌《古诗十九首·行行重行行》有异曲同工之妙。无论是"弃捐勿复道，努力加餐饭"还是"天凉了/多添衣着"，其表达的思念之情可以说是情真意切，越是日常简单的关心话语越能勾起我们如此浓烈的思念之情。

《故事》这首小诗形式简单，六句一节。整首小诗都在讲述这样一个故事：一把伞让两颗心慢慢走近，无论是雨天还是晴天，"伞"都担任着红娘的角色，在当中穿针引线，"伞"把任务交给"雨"，交给"太阳"，让"两颗心"始终可以靠在一起，从而开始了一个美丽的故事。这首小诗意蕴空灵，读来只觉得很美，开端美，情节美，结局想来也必是完美的。这不由让人联想到新加坡女诗人淡莹的一首情诗《伞内·伞外》，伞内、伞外"共撑一小块晴天"，同样是以"伞"为意象，都写得灵气逼人。

冯学良的小诗形式灵活多样，语言质朴无华，但无论是诗中所表达的感情，还是蕴含的哲理都让人觉得情深而理真。诗人的小诗写作可谓达到了技艺娴熟的程度，在有限的篇幅内，让人感受到了无穷的灵动之感。诗中又处处可见诗人深厚的文化底蕴，因此小诗创作随手拈来，游刃有余，可读性强。

（刘世琴）

刘育龙

刘育龙，1967年生于马来西亚柔佛州士乃镇。马来亚大学物理系毕业，现任出版社出版经理。爱写诗，也写些散文、微型小说及文学评论。1992年获国际扶轮青年文学奖（微型小说）亚军，1997年获第四届花踪文学奖新诗组佳作奖，1998年获云里风（1997年度优秀作家）文学奖三等奖以及第三届韦晕文学评论奖，2008年获诗人杯评审奖。著作有诗合集《旧齿轮 No. 6》（1992）和《有本诗集》（2003）、诗集《哪吒》（1998）、文学评论集《在权威与偏见之间》（2003）。

从前

从前有座山
后来有房子
有工厂
有黑烟
有酸雨
从此
没有了
天空

勿忘我

干枯的躯体

不凋的诚挚
似乎从来不在乎
别人是否将我忘记

诗歌赏析

《从前》这首小诗共八句一节，全诗揭露了社会的变化、时代的变迁。从前的山，后来有了房子，紧接着“工厂”“黑烟”“酸雨”接踵而至。最后，天空也在烟雾弥漫中消失了。现代的气息愈来愈浓厚，现代大都市的发展越来越快，人们的物质生活条件也越来越好，可是环境呢？环境被破坏，我们的生态家园慢慢变得满目疮痍。从前的青山没了，从前的蓝天没了，弥漫在地球表面的是“黑烟”，是“酸雨”。诗人怀着殷切的心情，关心环境污染问题，更呼吁人类保护环境，保护我们的家园。

《勿忘我》这首小诗共四句一节，诗人向我们讲述了一朵花的使命。了解“勿忘我”这种花的人，大概都知道它是爱情之花，代表着永恒的爱，不变的心。“勿忘我”的使命就是代替送花之人传达其祝福和愿景，就算它自己的身躯早已干枯，它也会始终带着诚挚之心，祝福他人。但是，世间又有多少人能记住这朵“诚挚”之花呢？就算如此，“勿忘我”也并不在意，坦然接受，可以说这是一朵“佛性之花”。诗人用其善于发现美的眼睛发现了它，并用他细腻的笔触记录着、书写着、赞美着。

刘育龙的小诗从不在意形式上的变化，不刻意为形式而形式，重视写作时的一气呵成。小诗内容上多为寻常小事物，但总能从中发现蕴含的哲理，读来只觉得见解独特、新颖。而刘育龙本人可以说是一位极具社会责任感的人，关心历史、社会和环境问题。读其诗，知其人，更生出一份敬重之情。

（刘世琴）

许通元

许通元，1974年出生于马来西亚砂劳越州泗里奎，获得马来西亚工艺大学估价与产业管理硕士学位。现任马来西亚南方大学学院图书馆馆长、马华文学馆主任、《蕉风》执行编辑、通识教育学士课程讲师、《南方大学学报》编委及柔佛州作协联委会主席。著有小说集《双镇记》《埋葬山蛭》，散文集《等待鹦鹉螺》及诗集《养死一瓶乳酸菌》。作品收入《新世纪东南亚华文微型小说精选》《新世纪东南亚华文闪小说精选》《马来西亚微型15家》《回家：马来西亚华文微型小说选》《马来西亚当代微型小说选》等。

手纹

神经清楚触摸
你故意残遗在圆泪表面上
剔透的手纹　如蜃幻图案
似绽放紧缩的海葵
闪着玫瑰期间的
一抹初红

旅途

我仿佛感觉
在比蟒蛇还大的爬虫类鳞片上

滑行前进

两路边缘的灯柱乖乖静静伫立不动
高大树木　纤纤绿草也
凝眸观视

诗歌赏析

《手纹》这首小诗十分写实地描写了一颗圆泪下手纹的样貌，在圆泪透视下的手纹显得晶莹剔透，作者更是将"玫瑰期间"喻为爱情或是恋爱期间，"绽放缩紧的海葵"也许表意自己不再年轻，但是"一抹初红"仍然表达了自己对美好爱情的向往。

《旅途》这首小诗分为两小节，前半节很直接地将自己的旅行道路比喻为"爬虫类鳞片"，同时喻示了旅途的坎坷和作者独处时对环境的脱离感、不安全感。但后半节很写实地描述了自己停下脚步，"凝眸观视"沿路景物，奔波途中的"灯柱、树木、绿草"，何尝不能带来一丝欣慰？

最大的阅读感受即是诗人善于在自己的生活中进行创作，或者是一物或者是自己的旅途或者是自己一瞬的想法，都可以成为小诗的主题，并且语言精练，注重写实、情景交融，让读者有代入感。

（王思佳）

罗 罗

罗罗，出生于1976年，原名罗志强，笔名罗罗、昆罗尔。本科毕业于台湾中山大学中文系，硕士毕业于台湾东华大学创英所。曾获马来西亚海鸥年度文学奖、新加坡方修文学奖、台湾梁实秋文学奖、香港青年文学奖、zoom自在短片奖、我的桃园印象微电影奖、客家45小时影片竞赛奖、大学杯年度百大影像奖等。现为台湾“中央大学”中文所博士班学生，兼职任教于“中央大学”及静宜大学中文系。著有诗集《诗在逃亡》《小米书》，散文集《马来貘》。

蚤想

跳过来
跃过去
午后的空气溽热你的荷尔蒙
轻轻留下像风一样轻的吻
我是憩息
在你乳房上的一只跳蚤

芒花

把芒花绽放的骚秋
逐一采收起来　晒干
用那柔软的絮子

缝成一个枕头

在想你的时候
拿来枕一枕

诗歌赏析

《蚤想》《芒花》其实都是写给自己爱的人，而且语言表达非常美妙独特。读完之后，让人回味无穷，仿佛空气中都充满了甜甜的爱的味道。

《蚤想》这首诗充满了“荷尔蒙”的味道，诗人把自己比喻成“一只跳蚤”，而且是“憩息在你乳房上”，这个“你”也许就是诗人的爱人。虽然诗人是在写爱情，但是不同于大多数人笔下唯美含蓄的语句，诗人的表达方式很直白也很生动。开头“跳过来/跃过去”就奠定了本诗的感情基调，是活泼生动的，既写出了诗人的心情，又呼应了后面的“跳蚤”。“午后的空气溽热你的荷尔蒙”中诗人用了“溽热”这个动词，好像午后的空气也在滋生爱的荷尔蒙。“轻轻留下像风一样轻的吻”一句诗人连用了三个“轻”，是想把爱的温柔、吻的轻柔美好都表达出来，仿佛让人感觉清风拂过，空气中弥漫着爱的甜美。诗人最后把自己比喻成“跳蚤”其实也刚好呼应了本诗的题目“蚤想”。

相比《蚤想》的直白生动，《芒花》这一首就显得含蓄美好了。诗人是想拿“芒花”来寄托自己的感情。第一部分，诗人描写了一幅“采芒花，做枕头”的画面。第二部分，简单的两句话“在想你的时候/拿来枕一枕”就让人恍然大悟，原来此芒花其实代表诗人心头一直想念的那个人，诗人把自己珍藏的感情都缝在了用芒花做的枕头里，似乎要和它朝夕相处，以抒发自己内心深切的感情。

（张瑞坤）

周天派

周天派，1982年生于马来西亚槟榔屿。本科毕业于台湾中山大学中文系，硕士毕业于台湾东华大学创作与英语文学研究所。曾获选《幼狮文艺》YOUTH SHOW与“菁世代”推荐创作者，《创世纪》诗刊校园诗人，《南洋商报》与《光华日报》副刊年度诗人，高雄文学创作奖助计划新诗首奖，大马海鸥文学奖，新加坡全国诗歌奖双语首奖等。

十年

你回来找我，使我年轻了十岁

爱河

我已经跳下去了，
你怎么还在堤岸？

诗歌赏析

《十年》这首诗写出了与所思所想之人的重逢让人精神为之振奋。只有一句话，“你回来找我，使我年轻了十岁”。这里的“你”也许是自己的爱人，也许是自己的亲人，也许是自己的朋友。无论诗人心中的人是谁，这个人对“我”一定很重要，诗人重新见到了许久未见的人，心中的喜悦之情溢于言表。一句胜过千言万语，“你”的魅力如此之大，大到让我犹如孩童般，天真灿烂依旧。

《爱河》这首简短的小诗，应该是写给爱人。表达为了爱奋不顾身的付出，而没有得到相应的反馈，内心犹如跌落悬崖一样的失落。“我已经跳下去了，/你怎么还在堤岸?”诗人把爱情比作了爱河，化抽象为具体，把自己深陷一段感情的美好、曲折、伤心、绝望都表现了出来。爱就是会让人沉沦，哪怕明知结局，也依然奋不顾身。

（张瑞坤）

欧筱佩

欧筱佩，1983 年 3 月生于马来西亚霹雳州怡保。曾获 2013 年台湾文学营创作奖，2015 年（第四届）、2016 年（第五届）马来西亚华文微型小说创作比赛优胜奖。入围首届（相遇文化原乡——异样的米）和第二届（梦想照进心灵——文字细雨）全球散文大赛，获得 2016 年东马砂拉越海马文学散文入围佳作奖、2017 年第四届中外诗歌散文邀请赛二等奖、2017 年新加坡诗歌节诗歌比赛最佳奖项。作品散见于新加坡、马来西亚等国和中国台湾地区的报纸与文学刊物。

守护

革命后
你负责传话
他负责揣摩
日子熟了，我们才能继后香灯

阳谋

过户的孩子用鳃
在沼泽里呼吸
搜寻奶水，补充失落
为了养梦
养家

养阴影

诗歌赏析

《守护》这首小诗讲的是文化传承，革命后都会产生新的思想与文化，但是这些新的文化不是一蹴而就的。作者认为应该反复揣摩斟酌，并且也需要有人传递这份新的思想，日子久了磨合够了，这份文化才能传承下去。

《阳谋》这首小诗兴许是与作者本人的经历有关，过户指原本属于一个所有人的事物变为另一个所有人的过程，那么过户的孩子即成了别人家的孩子。这样的孩子的童年大多并不幸福，他们离开了原有的家庭，身边无亲无故，一切都要靠自己，所以作者用“在沼泽里呼吸”表达生活的艰难，而后续的“养梦/养家/养阴影”更是深刻地描写了过户孩子的不易，有趣的是这首诗的标题“阳谋”，恰恰与常用词汇“阴谋”相反，这体现了孩子需要在过户后的生活里在不影响别人的前提下，四处讨好地生活下去，“阳谋”正好代表了这种生活状态。

欧筱佩的小诗语言十分精简利落，总体风格上有些许悲观的底色，擅长在历史经验或周而复始的现实常态中提炼新的情感和小诗的创作灵感，文字表达上具有小诗的韵律感。

（王思佳）

陈伟哲

陈伟哲，1988 年生于马来西亚瓜拉登嘉楼。吉隆坡拉曼大学化学工程系毕业。著有诗集《末日有诗》(2012)、《室内之诗》(2013)、《当你也寂寞的时候》(2014)和《浮游生物》(2017)。《鱼骨》入选《2012 台湾诗选》。

呼吸

昨夜通电给肺叶
想打听氧气近期的心事
二氧化碳却回应
世界依然活着

遗言

我们要简练一点
遗嘱太长
会荒废许多树皮
也辜负无数个字
遗言要短
短得像人生才好看

诗歌赏析

《呼吸》这首小诗一共四句,表现了生机勃勃的生命力。前两句"昨夜通电给肺叶/想打听氧气近期的心事"以拟人化的手法,将肺叶、氧气等现状活灵活现地呈现于读者眼前。后两句"二氧化碳回应/世界依然活着"看似与前两句的询问有些文不对题,但题目"呼吸"二字已揭示前后的联系,呼吸是呼出二氧化碳、吸进氧气的循环。因而后者二氧化碳的回应也正可以看出氧气吸收顺利,表达了呼吸顺畅、生命力顽强的一面。

《遗言》这首小诗共有六句。通过对遗言长短的讨论与比较,表现出诗人对于人生虽短暂但要活出精彩,不留遗憾的感慨。首句通过"我们要简练一点"引起了读者的好奇与注意,后三句表明遗嘱太长的危害,荒废了树皮,也辜负了写下的字。最后两句则将遗言与人生相联系,再次表明遗言要短,短得像人生才好看,从侧面表达了自己对于人生的看法,人生虽短,仍要把握人生的点点滴滴,扩宽人生的宽度,使自己的人生过得没有遗憾。

诗人陈伟哲的小诗以小巧的题目、深刻的内涵,表达自己对于社会种种事情的态度。其小诗在字里行间常常流露出自己内心深处丝丝动人之情,用他观察生活的眼睛,细腻精致的笔触来为我们不断地谱写出一首首动人心弦的乐曲,不断带给我们美好而雅致的精神享受。

(金　莹)

泰国卷

岭南人

岭南人，本名符绩忠，1932 年生于海南侨乡文昌，其父为泰国华人著名侨商。20 世纪 50 年代毕业于山西大学中文系，后到香港经商，20 世纪 60 年代去泰国经营珠宝丝布生意。从小就爱诗写诗，出版有《结》等诗集，《上管短笛》《泳》《回到故乡的月亮胖了》《无歌也无泪》等诗作是泰国华人诗坛上有影响的名篇。

三月的是乐园

病后，女儿的手是我的手杖
扶我，走进三月的乐园

樱花三角梅洋紫荆站在路边
欢迎我归来

水过无痕

水过，真的无痕吗
水中石知道
河岸知道
岸边的树也知道

诗歌赏析

《三月的是乐园》呈现了诗人对生命的感悟。病后的诗人对外界情与景的感触更加敏感，他将女儿的手比作手杖，表达对女儿的依赖。诗人见到樱花、三角梅、洋紫荆备感亲切，生老病死是人的生命体验，此处激发个体深刻思考并深入感悟人生，诗人在病后“走进三月的乐园”，是重见此情此景的激动，也包含了对生命的敬畏。诗人笔下“走进三月的乐园”，意味着走向下一段更加美好、值得珍惜的生活。

《水过无痕》缘于对自然现象的思考。水无声无息轻缓流淌，然而“水中石、河岸、岸边的树”都知道，那么流水便留下了痕迹。诗人由此感悟生活，生活的脚步看似漫不经心，但是人们的外在容颜与内在气质均会发生改变。我们应当善于感知生活，细细体会生活的给予，或许这便是人生的痕迹。

岭南人的小诗总有诉说之感，强调内心感受，以最直白、最简单的话语进行表达，呈现最真挚的情感。小诗抒发的个人内心情感与生命感悟，实则也是对读者的谆谆叮咛：既要有潇洒恣意的情怀，也需有把握幸福的担当。

（孔舒仪）

司马攻

司马攻，1933年生，本名马君楚，另有笔名剑曹、田茵等。泰籍华人，祖籍广东潮阳。1966年开始文学创作，著有《明月水中来》《冷热集》《泰国琐谈》《踏影集》《梦余暇笔》《湄江消夏录》《演员》《挽节集》《司马攻散文集》《司马攻文集》《司马攻序跋集》《人妖·古船》《小河流梦》《文缘有序》《司马攻微型小说100篇》等作品。现为泰国华文作家协会永远名誉会长，世界华文微型小说研究会顾问。

青梅竹马

久别的梅子
黄了

还是酸溜溜的

昔年的竹马
秃了

给你当手杖吧

老屋

老屋

旧了　矮了　小了

走进屋里
祖父母的爱
如山似海

诗歌赏析

《青梅竹马》这首小诗分为四节，表达了诗人对于时光流逝、物是人非的感慨。小诗在第一节、第二节中描绘了树上的青梅，虽然时间流逝梅子的外表发生了改变——由青色变为黄色，但其味道还是同以前一样——酸溜溜的。后两节，写到了人，儿时的竹马，经历时间的磨难，秃了头，再也回不到过去的光彩。两相对比，既贴合了题目中的"青梅竹马"，却又赋予了"物是人非"新的含义。

《老屋》这首小诗只有两节，将老屋的陈旧与屋内祖父母的爱相比较，突出了祖父母如山如水般浓烈的爱，同时也表达了诗人对于祖父母浓浓的思念之情。

司马攻的小诗没有轰轰烈烈的场面，没有故作惊人之语，笔调平淡，然而平淡不是平庸，更不是有闲阶级的无病呻吟。在他的创作中，无一不体现出他对于生活、对于周边人的关注与关怀。他的小诗不仅具有感人的力量，同时也让我们有了一次次奇妙的审美体验。

（金　莹）

马　凡

马凡，原名马清泉。1934年出生于泰国曼谷。祖籍广东潮阳。现任泰国华文作家协会理事、顾问。20世纪50年代初开始写作，20世纪60年代后搁笔，1994年又执笔写作，短篇小说《战地情》获得亚洲日报与泰国华文作家协会联合举办的“1996泰华短篇小说金牌奖征文”亚军。已出版《蝶恋花》《马凡文集》《奇石》《放猫》《湄江风雨》等作品。

品茗

月下品茗
杯子圆圆如月
滑落
跌碎
浓浓故乡情

童年

让时间穿越
凝固在童年时光
童欢　童墙　童缘
童心　童愿
岁月皱纹随风飘去
记忆的背影已走远

诗歌赏析

《品茗》与《童年》两首小诗有着相似点——追忆，二者的追忆内容各有不同。《品茗》是诗人对故乡的追忆，自古文人骚客笔下，“月”常被作为相思的象征，诗人在小诗开篇便营造了中国古典诗词的意境美。作为泰国华人诗人，马凡十分关注中国故土与中华文化，内心也深植故土。《品茗》不仅是诗人对家乡的思念，更是对中国故乡的追忆。诗人在“月下品茗”，亦是在品“乡愁”。《童年》是诗人对童年时光的追忆。童年时期，人生履历尚不丰富，未见识过高山大海，不懂高科技为何物，却也是最本真最纯粹的时期。正如鲁迅先生自幼在百草园玩耍，便觉趣味无穷，今日我们读来也觉充满童趣，被孩童视角下的世界所感染。诗人追忆童年，是对往事岁月的怀念，对时光飞逝的无奈，尝遍人生酸甜苦辣，走过人生风霜雨雪，回不去的童年只可留存在记忆中。

马凡的小诗创作情感真挚、充沛，不仅关注内心感受，还对现实世界加以关怀。在马凡笔下，情感如流水涓涓而来，流过人们的心田，留下回响。

（孔舒仪）

曾　心

曾心(1938—),生于泰国曼谷,泰籍,祖籍广东普宁。毕业于厦门大学汉语言文学系,深造于广州中医学院。1982年返回出生地,从商、从医、从教、从文。出版《大自然的儿子》《心追那钟声》《蓝眼睛》《消失的曲声》《凉亭》《曾心自选集——小诗三百首》《曾心小诗500首》《给泰华文学把脉》等19部作品。多篇作品获奖,或被选入"教程""读本"和中国一些省市的中考、高考语文试题。其中《捐躯》被选为2015年中国普通高等学校招生全国统一考试语文试题。现为泰国华文作家协会副主席、厦门大学东南亚华文文学研究中心兼职研究员、东南大学现代汉诗研究所兼职研究员、泰国留学中国大学校友总会办公室主任。

一尾鱼的发现

当走投无路时
便向水面一跃
竟发现
一个比海更宽阔的天

那晚他做了个奇怪的梦：
自己的鳃换成了肺

老井

一口古井
跌落一弯残月

抛下水桶
打上祖祖辈辈的沧桑

沉重地拉——
一条古老文化的根

诗歌赏析

《一尾鱼的发现》讲述了一尾鱼的奇妙经历，一段周庄梦蝶般的梦幻神游。诗歌的主人公是一尾鱼，这尾鱼具有某种象征意味，其实是曾心对人在困境和挫折中勇于开拓新径、自我拯救找寻生路的赞扬和肯定。小诗中的鱼在“走投无路时”跃出水面，意外发现大海之外存在着一片宽广无垠的天地，进而在梦中梦见自己的鳃换成了肺，获得重生。鱼的经历其实象征了芸芸众生的生活常态，人在看不到希望和方向的时候，如果不气馁不放弃，勇敢尝试、调整航帆、改变思维，往往会得到意想不到的收获，步入“山重水复疑无路，柳暗花明又一村”的开朗之境。

《老井》描绘了一口历经沧桑的古井。全诗分三节，第一节引出描写对象古井，并以“残月”配“古井”衬托出井的沧桑古旧，“跌落”一词用拟人的手法，生动地写出了井中月亮的倒影。第二节中，用井吃水之人出现，进一步交代古井哺育了此地世世代代的百姓，于老百姓的生活来说意义重大。第三节从表象引入深层内涵，古井不仅是祖祖辈辈生活的见证，更是一种传承，承载了“古老文化的根”，是先祖留给我们的传统文化衣钵。

曾心的小诗总能透出一种“螺蛳壳里做道场”的智慧。曾心的小诗所表现的主题内容涉及广泛，不仅有对现实人生的反映，对历史文化之根的找寻，还有对佛性禅理的阐释，以及对人性的描摹和关照。曾心总能找到合适的方式，巧妙地找寻对应的象征物，使得其实际所要描写的对象和表达的哲理，在含蓄内敛之中透露出深远广阔的意境，达到以小见大的效果。

（岳寒飞）

博　夫

博夫，生于1946年。原名樊祥和，字正荣，号博夫，樊子第八十一世传人。祖籍江苏省张家港市。世界文艺出版社社长兼总编审、泰国华文作家协会理事、泰国留学中国大学校友总会文艺写作学会理事、中原书画研究院高级研究员、泰华小诗磨坊成员。已出版长篇小说《圆梦》《爱情原生态》，小说集《爱不是占有》，诗集《路过》，散文集《父亲的老情书》，游记《芭提雅的夜生活》，百字精粹小说集《情怯》，以及《中华六十景诗书画印集》《世界印坛大观》《中国龙典·咏龙篇》《小诗磨坊》等。1999年导演的电视剧《日出日落》分别在CCTV1频道和CCTV8频道播出。

年夜饭

当年八仙飘过的波涛
今夜，透过冻僵的窗户
融化在除夕年夜饭的酒盅里

满桌汉风的醉意
穿越时空
期待来年蒸腾

〈诗外〉一餐年夜饭，蒸腾了一年的辛劳。

春讯

除夕夜的风从窗外走过
梅花开放的沧桑在茶壶里泡着

眼角多出的那尾游鱼
徜徉在年夜饭的酒杯里

一筐烟花爆竹
炸开了热气腾腾的春天

〈诗外〉忙碌了几天的年夜饭，把孩子们喂大了。

诗歌赏析

《年夜饭》中博夫描绘了除夕夜吃年夜饭时的场景。通过叙述充满中国风味的“八仙”和“汉风”，除了能展现出作者对于传统春节文化的坚持以外，还带着海外华人在异国他乡对于故国的怀念和眷恋之情。

《春讯》也是展现作家对于春节文化的坚持，冬季才开放的梅花是中国传统文化中无畏严寒、坚持自我的高贵意象；眼角的“游鱼”是作者充满笑意的表情，更是他心里流露出的对春节一家团聚的喜悦之情。

博夫在小诗的最后都用“蒸腾”“热气腾腾”这类词语，表达了自己对于春节的深刻感情，对于未来会更加美好的真诚祝愿，期待来年的春节也能和家人团圆。

（王　璐）

刘 舟

刘舟，1947年出生，原名侯景贤，现名刘义，云南易门县人。现为泰国华人文学研究社理事，泰国华人新诗学会理事，《湄南河诗刊》副主编，泰国华文作协会员。其文学作品在泰国等国和中国台湾等地区举办的征文比赛中多次获奖。

秋

雨淋湿记忆
童年的脚步
正朝着落日方向走去

一转瞬的光阴
霜雪就降落了

中秋节

故乡漂浮在井中
月饼悬挂在天上
把对中秋的思念
化作南洋
望乡的椰树

诗歌赏析

《秋》这首小诗从一开头就呈现了许多景物,“雨”“脚步”“落日”“霜雪”,乍一看,仿佛是在写景,其实诗人是寓情于景。这首诗名字“秋”就代表了诗人芳华已不再的忧伤,仿佛让人想起了“秋风”“落叶”的凄凉,但是诗人并没有用秋天这种过于凄凉悲伤的字眼,反而用了“童年的脚步”看似欢快的画面。“正朝着落日方向走去”,这个跨度让人感觉好大,从童年一下子就到了代表晚年的落日。但读到第二部分,就会发现诗人别有用意,这恰好代表了“一转瞬的光阴”,人的一生,白驹过隙,时光荏苒,一眨眼“霜雪就降落了”。诗人表面在写秋,实则是在写自己的匆匆一生。不禁让人想到了马致远的《天净沙·秋思》,“夕阳西下”,已到暮年。诗人用最简单的寻常事物,为我们展现了一幅秋暮霜雪降的唯美画卷,其中更夹杂着诗人感叹人生岁月转瞬即逝的忧伤,“花开有落时,人生容易老”,岁月不饶人。

《中秋节》这首简短的小诗,诗人的构思可谓巧妙。开头两句“故乡漂浮在井中/月饼悬挂在天上”,就为我们生动地呈现了一幅有趣的中秋节画面。故乡怎么会漂浮在井中,月饼又为何会挂在天上?诗人其实是把天上的一轮明月比作了“故乡”,也是寓情于景,明月也是故乡的明月,表达了诗人对故乡的思念。接着,诗人又把天上的明月比作了“月饼”,可谓是环环相扣,一语双关。这样既描绘出了中秋节,又寄托了自己的思念。最后,诗人又把自己的思念,化作南洋“望乡的椰树”,仿佛这边的椰树都有了情感,也在陪他一起遥望着故乡。其实诗人是巧妙地把自己和椰树融为一体,两者都在中秋节,赏月思故乡。全诗短短的几句,就把中秋节赏月、吃月饼、思故乡的场景刻画得淋漓尽致。小诗有了生命,被诗人赋予了自己的情感,让我们也感受到了“独在异乡为异客,每逢佳节倍思亲”。

诗人的一生经历了下乡、插队、当兵、打仗、坐牢、要饭,可谓是一生坎坷,所以在他的诗中,都透着一股忧伤之情,正因为经历了人生种种磨难,诗人才更加思念故土。诗人的这些经历,随着时间,都渗透在骨子里,已是他生命的一部分,虽然坎坷,但是也让诗人的感情得到了升华,更加懂得生命可贵。

（张瑞坤）

今　石

今石，原名辛华，祖籍中国山东莘县，1953年生于海南省万宁。移居泰国后，业余时间在泰国和中国港台等地的报刊发表诗歌、散文、小说。与泰国华人文友合著散文集《湄南散文八家》《小诗磨坊》等。创作的散文诗曾收入《中外华文散文诗大辞典》。现为泰国华文作家协会理事，小诗磨坊成员。

明天，“和平”这个词会绝迹吗

多少双眼望得直直
多少双手伸得长长

就只有那几双眼紧闭
就只有那几双手乱摆

今天“和平”还在字典里垂泪
明天“和平”会与人类永别吗？

〈诗外〉正直的、善良的、热爱和平的人们正在拯救地球的和平！我要加入这个正义的行列，为声援人类的和平和生存仗义执言！

祝福

这个年代

能够活着

这个年代
能够死掉

〈诗外〉这几年来，世界上恐怖袭击、天灾人祸越来越频繁，能够活着就是幸福。非洲瘟疫、中东战争、亚洲地震旱涝……人类悲痛欲绝，我有时想：歹活真不如好死。

诗歌赏析

《明天，“和平”这个词会绝迹吗》这首小诗总共六句三小节。作者两两一节，均采用排比的手法，前两句“直直的眼、长长的手”指代的是那些在天灾人祸中等待救援的无辜者，而中间两句“紧闭的眼、乱摆的手”就是指那些视而不管、高高挂起的冷漠之人。作者看到这些场景不免感叹，正直的、善良的、热爱和平的人越来越少，而“和平”这个词在未来到底是不是会一去不复返呢？

《祝福》这首小诗虽短短四句，却饱含深意。作者在诗外中说明这几年来，世界上恐怖袭击、天灾人祸越来越频繁，作者认为能够活着就是幸福。同时又谈及非洲瘟疫、中东战争、亚洲地震旱涝……人类悲痛欲绝，作者看到这些情景有时甚至会想：歹活不如好死。所以作者认为在这个年代，能够活着或是能够死掉，他都给以祝福。

（王思佳）

杨　玲

杨玲，祖籍中国广东潮汕地区。作品发表于泰国《世界日报》《新中原报》《亚洲日报》《泰华文学》和海外等地的报刊。现任世界微型小说学会理事、泰华作家协会副会长、《泰华文学》编委、小诗磨坊成员。2012年出版泰文小说翻译集《画家》，2013年出版微型小说集《曼谷奇遇》，2005年、2008年、2009年和父亲老羊合著出版《淡如水》文集、微型小说集《迎春花》、诗集《红黄蓝》，2007—2015年和泰国华人诗坛诗人合作出版《小诗磨坊》。2014年获首届世界华文微型小说双年度优秀奖，2016年再获第二届世界华文微型小说双年度优秀奖。

卧佛

坐有坐相
站有站相
卧倒睡着算什么相

佛曰
本无相

月光

蘸月光写诗

月光淡淡　诗也淡淡
月光朦胧诗也朦胧

月光如水
诗如水上的月光

诗歌赏析

杨玲在诗歌创作中，展现出两种风格。《卧佛》将这种幽默发挥得淋漓尽致，以“我”的话问“卧倒睡着算什么相/佛曰/本无相”，同时使人感受到作者对于禅意的思考。杨玲在小诗创作中除了带有俏皮和幽默，也通过写景展现出女作家特有的敏感和细腻。

《月光》中，作者描写了深夜的月光，是淡淡的朦胧的，同时借月光来表达诗人心中的诗歌，像月光般美好和缥缈。头一句“蘸月光写诗”最有意境，将月光和诗融合在一起，使人分不清到底是诗还是月光，如此美好，如此令人向往。

（王　璐）

吴小菡

吴小菡，出生于广州，部队子弟，祖籍湖南。1984年(23岁)考入广东一家党报，担任记者和编辑，受到严格的新闻记者素质训练，新闻作品曾连续4年获得广东省好新闻奖，从事党报新闻记者和编辑工作10年。1994年从广州移居泰国，1996年投资创办彩色华文杂志《泰国风》至今，担任执行社长兼总编辑22年。《泰国风》是泰国创刊最早和经营最长的中文杂志。杂志在泰中两国政界、商界都有良好的声誉和影响力，同时在中国港台地区、东盟各国的华人圈中具有一定的知名度。从事新闻业30余年，吴小菡对泰国社会及泰国华人华侨做了大量新闻报道，尤其擅长采写人物专访，累计采访过的泰国政治家、企业家、文化名人等过百位，成为“泰华媒体一支笔”。

白发

第一根白发心惊肉跳
女人拉响预老的警报
无数根白发漫山遍野
笑靥之花已埋葬了哀愁
女人明白了
心灵不长白发，心境永不会老

夕阳

夕阳那血红血红的巨圆
为白昼画上句号,回家睡觉
错也,夕阳趁夜幕追求月亮
总以私奔引诱嫦娥娘娘
却忘了瞎忙的吴刚还在
明日的朝阳哟,且莫忘当空执勤

诗歌赏析

《白发》这首小诗总共六小句,小诗通过前后对比讲明了心灵美更为重要这个道理。当女人的第一根白发长出时,年龄处于阅历仍不丰富的中年,通常会感到恐慌与不知所措,但是当满头都是白发时,此时的女人早已经历生活的风风雨雨,也早已明白了生活中重要的东西是什么——心灵的年轻与美丽,所以笑靥早就代替了不必要的哀愁。

《夕阳》是一首十分具有想象力的小诗,通过想象,作者仿佛了解夕阳的行踪,并且还能与朝阳对话,意境十分活泼有趣。

诗人是一位拥有着大智慧和胸襟的人,诗歌言语充满意境美,同时透露出诗人的独特哲学魅力。

(王思佳)

晶　莹

晶莹，泰国华文作协理事，《泰华文学》编委，泰国留中大学校友总会文艺写作学会理事，小诗磨坊成员。现为泰国法政大学、泰国蓝甘杏大学、泰国商会大学等大学教师，《世界日报》湄南河副刊主编。创作包括新诗、散文、散文诗、律绝、小说等文体。作品曾获泰国华人闪小说征文比赛奖、世界华文微型小说双年奖优秀奖以及泰国华人散文征文比赛冠军奖。

湖边故事

兼葭雄起
醉落一地芦花

满脸沧桑的老柳
怡然休止了百岁年轮

婉约湖水
听任时序梳理

甄别

槐花又开
蜜蜂衔梦又来
春风裁不明心语

便拍翅嗅一树洁白

诗歌赏析

《湖边故事》和《甄别》两首小诗中，通过将"蒹葭""芦花""老柳""湖水""槐花""蜜蜂""春风"等自然景观拟人化，描绘出不同时节独有的生动景色：秋天落花缤纷，万物开始呈现休眠的寂静样子；春天来时万物复苏，又是一番生机勃勃的景象。其中有一点值得我们深入思考，无论是《湖边故事》提到的有"百岁年轮"的"老柳"，还是《甄别》中槐花"又开"、蜜蜂衔梦"又来"，正如诗中提到的，这是时序的轮回。作者在描写自然的同时，似乎更抱有一种顺应天命的感情来看待世间万物，赞扬了生命的生机勃勃和生生不息。作者擅长写物写景，借景抒情，又怀抱着对传统文化的满腔柔情，在诗里展现出诗人敏感细腻的思想感情。

（王　璐）

阡　陌

阡陌，原名周治苹，1966年生于中国台湾，现居泰国。作品多发表于泰国《亚洲日报》《世界日报》和《泰华文学》。2011年作品《心路》收入东南亚华文女作家选集《归雁》，2016年作品《一梦天涯　回首无云》入围第二届全球华文“梦想照进心灵”征文大赛。

落叶

我问　那黄叶
是枯了　还是　变了色

她说
年年如是　枯了也好
春天　不还是新绿

而我却为那
飘零的香
添了深沉的愁绪

苍树

它定神地看着我
像不认得我了

我打从心底呐喊着
再看看　再想想

它弯了身子
从风中　飘下一片叶子

我凝神地望着
却无力捡起
在记忆与遗忘之间
的那首诗

诗歌赏析

《落叶》这首小诗以“我”与“落叶”之间的一场对话展开。“我”问，“那黄叶是枯了/还是/变了色”？可能有人觉得这是一个矛盾的问题，枯了不就是变了色吗？但是，细细分析却大不相同，“枯了”是宣告生命的终结，“变了色”仅仅是颜色的变化，二者有着本质的区别。落叶的回答显得很乐观，变了色也好，枯了也罢，来年春天还是一片新绿。可“我”却从这“飘零”的落叶中，感受到了深沉的“愁绪”。正如德国哲学家莱布尼茨所说，“世界上找不到两片相同的树叶”，每一片落叶都是独立的存在体。要知道年年岁岁花相似，岁岁年年叶不同，每一片黄叶的飘落，都是一次永别。

《苍树》这首小诗围绕着“记忆与遗忘”这个主题，刻画了一棵“苍树”的遗忘。或许“我”与“苍树”之间曾有过一段难忘的记忆，但如今“苍树”已老，有些记忆被遗忘。“它定神看着我”却不认得“我”，可“我”多么希望它能想起自己，于是一遍遍在心中呐喊，可是“苍树”却显得很落寞，从“弯了的身子”上飘下一片叶子。很显然，它依旧没有认出“我”，否则，它该是热情摇摆着枝叶来拥抱“我”。“我”凝神望着，内心一股失落感油然而生。面对“苍树”的遗忘，“我”显得如此无能为力，甚至“无力捡起在记忆与遗忘之间的那首诗”。记忆，遗忘。遗忘，记忆。二者从来就不是我们人为可以控制的，有些记忆遗忘了，可能就永远不会被想起。

阡陌的小诗，意境优美。诗人善于同大自然的花草树木进行心灵的沟通，将自然界的万物诗化，与之进行一场诗歌的对答。阡陌的小诗不拘泥于形式，随性而发，给人一种言有尽却意无穷之感。

（刘世琴）

温晓云

温晓云，1968年出生。1994年加入泰国华文作协，多次参加国际文学会议。1994年获"春兰杯·首届世界华文微型小说大赛"鼓励奖，2003年获泰国华人短篇小说征文比赛冠军，2007年获泰国华人微型小说大赛优秀奖，2013年获泰国华人闪小说征文比赛亚军，2014年获首届世界华文微型小说双年度大赛优秀奖，2014年获亚细安华文文学奖，2015年获泰国华人散文征文比赛亚军，2016年获第二届世界华文微型小说双年度大赛二等奖，2017年获"紫荆花开"世界华文微小说征文大奖赛三等奖。出版文集《问情为何物》、情诗集《偷盏时光梦诗》、微型小说集《在海一方》。现为泰国华文作家协会秘书长，《泰华文学》编委，泰华微型小说园地"微园"编委，世界华文微型小说研究会受邀理事，泰国华人小诗磨坊成员。

殇秋

秋风吹过花叶相错
离殇无言

煮一壶沸腾的相思
擦拭片片秋叶
奉献给
与时光博弈的败将

时间去哪了

灵猴声声远
金鸡咯咯叫

儿时嬉戏犹如耳边
春华秋英你我他
半百华发生

时间去哪了

〈诗外〉回老家见到儿时小伙伴春华和秋英，你看我我看你，岁月如梭，感慨万千。

诗歌赏析

《殇秋》这首小诗分为两节，以秋的悲凉气韵来与时光博弈的败将相映衬，从而表达诗人的忧伤情感。小诗在首节就描绘了秋日的景象：秋风袭来，凉凉寒风吹过花叶，带来一股离殇之意。而在第二节则回到人身上，首句中的“煮一壶沸腾的相思”以虚化实，将相思如茶水一般炖煮，擦拭片片秋叶，将相思、秋意一起奉献给与时光博弈的败将，将与时光博弈的失败和浓浓的悲凉秋意相结合，以景衬情，更加深了诗人的忧伤情感。

《时间去哪了》这首小诗抒发了诗人重见儿时伙伴时，对岁月如梭的感慨。小诗一共分为三节，而其情感也是层层递进。在小诗的第一节，描绘了灵猴与金鸡鸣叫的场景，营造了一种热闹的气氛。第二节由儿时的嬉戏声转向见到儿时伙伴的场面，久久未见，几人已是人至中年，华发丛生。最后一节中的“时间去哪了”既是对题目的呼应，又是诗人内心情感的抒发，表达了诗人面对世事变幻、物是人非的无限感慨之情。

诗人温晓云的小诗善于抓住身边的一些事物、一些感受来书写，从而表达自己内心最真实的感受，同时带给我们一种细腻而又精致的审美体验。

（金　莹）

莫　凡

莫凡，本名陈少东，曾用笔名蓝焰，1970 年出生。现任泰国华文作家协会副秘书长、《泰华文学》编委及小诗磨坊成员。1999 年获泰国商联总会主办的“庆祝中华人民共和国成立五十周年国庆暨泰中建交廿四周年国庆杯征文比赛”诗歌奖，2004 年获“泰国华文作协”与新中原报联合举办的短篇小说征文比赛优秀奖，2007 年获“泰国华文作协”主办的微型小说比赛优秀奖，2013 年获“首届世界华文微型小说”双年度三等奖，2014 年获“泰国华文作协”主办的有奖征文比赛散文优秀奖。作品《偷窥》被录入《中外华文散文诗作家大辞典》。

深更时分——忆父亲

天地永隔，满以为
酣梦中可欢见倾谈
怎奈蕉雨敲窗，椰风弄影

意犹未尽，遂与佛许愿
愿下一个深更
再续　雨夜残梦

〈诗外〉长夜漫漫，不思量，自难忘。愿父亲一切安好！

落叶

如果你是秋的信使　如果是
如果你是诗的情人　如果是
如果你是风的骄子　如果是

那么，即便是情枯酒竭
我也会在万物萧瑟之时
为你　醉倒

〈诗外〉飘落的，那不是落叶，那是今天的故事、明天的记忆。

诗歌赏析

《深更时分——忆父亲》这首小诗描绘了诗人与父亲阴阳两隔，本以为可以与父亲在梦里相见畅谈，却被窗外风雨敲打声而扰乱这场酣梦，作者感到惋惜和不甘，向佛许下愿望，愿自己能在下个梦中与父亲再次相见，表达了作者对父亲深深的怀念之情。

《落叶》这首小诗共六小句，前三句作者用排比的手法将“落叶”比作秋的信使、诗的情人、风的骄子，后半节为之“醉倒”让读者恍然大悟：“落叶”其实是指过往的故事以及回忆，整首诗表达了作者的悲秋之情。诗人的语言深沉凝练，言简意赅，让人回味无穷。

（王思佳）

苦 觉

苦觉，号卢半僧、卢听雨、雨竹庄主、湄畔山民、黎明寺雨僧等。1970年生，祖籍广西南宁，大学文化（中国画专业），职业书画家。诗歌、散文、散文诗、美术、书法评论等作品，在中国、韩国、日本、美国、澳大利亚、加拿大、欧洲及东南亚诸国发表，部分美术、书法作品获奖并被收藏。已出版《泰华散文八家》《小诗磨坊》，诗集《风车》，《卢山云国画选集》《卢山云书法选集》《卢山云篆刻选集》。散文诗作品入选《二〇〇六年中国年度散文诗》和《二〇〇七年中国年度散文诗》。《湄南河诗刊》创始人及编辑。

往事

风
翻看我的日记

之后
哭着
溜走了

别

你走的时候，下着雨
我把墙上挂了多年的帽子

给你

在原处的钉子下
我发现
还有一顶取不下来的白帽子

诗歌赏析

第一首短诗《往事》说“风”看了“往事”之后，“哭着/溜走了”。而诗到此为止，但诗的意境恰恰在这个时候才开始发生。往事不堪回首，我们可以想见这写在“日记”上的往事，必定是五味杂陈，有幸福，也有悲伤。这是一个人的往事，是历史中的一粒微不足道的尘埃，落在了一页页洁白而孤独的纸上。

第二首《别》写的并不是离情别绪，而是还原了一个十分具有时间感的画面。一顶挂在墙上多年的“帽子”，被拿下来之后，在墙上留了一个“白”的印记，诗人说它是一顶“白色的帽子”。而这白色也许是“我”和即将离别的朋友之间友情的空白，也许是诗人自己人生的一段遗憾。说不上好或者坏，只是这样一种存在，留在几个人生命的印记中，而诗人用诗的形式将它记录了下来。

诗人用诗的语言幻化出了三段充满禅意的境界，并擅长用传统留白的艺术手法使诗意在自己语言停止的地方再次出发，开放性的理解空间给读者的想象留下了多种多样的可能。苦觉的诗，不是说教的诗，而是引导的诗。

（任金刚）

梦　凌

梦凌，本名徐育玲，1971 年出生，祖籍广东丰顺，中泰文研究生毕业；现为《世界诗人》季刊艺术顾问、泰国华文作家协会会员、海外华文女作家会员、泰国《中华日报》副刊主编。创作的散文、散文诗、儿童文学、现代诗、摄影、短篇小说、微型小说及闪小说等作品有 12 种。曾获台湾地区“文学原乡”奖，泰皇赏赐的优秀教师徽章，国际诗歌翻译研究中心“2006 年度国际最佳诗人奖”，世界客家恳亲大会“著作等身”荣誉奖，首届中泰国际微电影展最佳制片人。微电影作品《象画情缘》获第五届亚洲微电影金海棠最佳国际单元微电影奖。

清明（组诗）

（一）

春茶轻轻地俏立在思念里
窈窕的桃花妹妹
一瓣桃红不经意地穿越了旧年往事
一些年封的日子被你懂得

（二）

清明烟火终于打开春天最后的帷幕
经年的情书被撕去了一半
剩下的一半枕着我入梦

（三）

被岁月精心酿制的酒

每年的清明节才打翻一次
留下一串串被擦湿的痕迹

（四）

还来不及思念，清明的雨已把我打湿
早已消失的情感烟雨又一次爬上心头
与一枝粉红的桃花对视
一声唏嘘　夕阳消瘦了下去

三月，燕归来（组诗）

（一）

南洋的三月竟然细雨飞扬
屋檐下的精灵在低声吟唱
归去，不如归去
心灵最底层，在梅雨中开始发霉

（二）

如花的三月，燕子的翅膀越来越长
我在异乡寻找故土的芬芳
请允许我，在天涯燃三炷香
让祖先的灵魂把我背回故乡

诗歌赏析

《清明（组诗）》一共有四首，讲述了清明节前后诗人的所想所感。（1）中描绘了春天里的两个特有意象：春茶和桃花。从颜色上来看，嫩绿和粉红色是非常艳丽和活泼的颜色，展现出春天生机勃勃的景象。诗人看到这些春景，不由得回忆起以前的春天，是否也是这样的俏丽和美好？（2）中描写了清明祭祖时的烟火气，诗人怀揣着年轻时青涩的爱恋入睡，这里的感情是（1）的延伸，带着一丝怅然和寂寞。（3）中“岁月精心酿制的酒”被认为是时光留下的满满的记忆，也可以说是积蓄的感情，这些酒在清明节这一天被打翻了，源源不断地倾泻出来，表现出诗人浓厚的思想感情。(4)中的“一枝粉红的桃花”和(1)对应，清明的雨也是“我”情感的烟雨，朦朦胧胧，美好而泛黄，就像落下的夕阳，只能存于脑海深处，每年清明会再次浮现出来。

《三月，燕归来(组诗)》由两首小诗组成，用三月里的细雨和烂漫春花等意象，表达了诗人自己身处异国他乡的孤独和哀伤。同时，燕子的归来唤醒了诗人不如归去的愿望，她祈祷：“让祖先的灵魂把我背回故乡。”

(王　璐)

澮　澮

澮澮，曾用笔名蛋蛋，原名周丹凤，1972 年出生于广东汕头。1997 年移居泰国，同年开始写作。早年主要写短诗和散文，近年来开始写闪小说和微型小说。2011 年加入泰国小诗磨坊，并开始六行小诗的创作。作品刊登在泰国各华文副刊、“泰国华人文学”和一些海外文学刊物上。现为泰国华文作家协会理事、泰国华人小诗磨坊成员。曾获泰国华文作家协会主办的“2013 年闪小说征文有奖比赛”季军，“2014 年泰华散文比赛”季军。2012 年开始，每年与小诗磨坊成员合作出版《小诗磨坊》系列。

妈妈的秋千

时光在秋千上打了个盹儿
小红裙有了她的小小红裙

秋千上的梦
被妈妈粉饰得缤纷灿烂

秋千轻轻荡回，妈妈的白发
悄然飘至我的鬓间

〈诗外〉当我也当了母亲之后，才更理解母亲眼里、心中的爱！

爱的年轮

爱要怎么说出口
用云的漂泊、雨的洒脱假如还不够
那便低成一湾浅池

在你脚下，环环扣扣的涟漪
不是风儿吹皱的心事
而是爱你的年轮

〈诗外〉若以年轮计算，我们对父母的爱总是少于父母给予我们的！

诗歌赏析

《妈妈的秋千》这首诗分成三节，每节都描写了“秋千”这个意象。第一节中将“时光”拟人化，表明时间匆匆流逝，原本穿红裙的女子也有了她的孩子。第二节中则是将童年的美好比作是“秋千上的梦”，而这一切都是母亲赋予“我”的回忆，梦境在此是作者对于童年的向往。第三节中秋千的回荡象征着时间的流逝，“我”慢慢长大了，也有了自己的孩子，“我”又像母亲一般呵护和关心子女，感受到了作为母亲的一份责任和爱。全诗以“秋千”这个意象贯穿始终，表达了作者对母爱的理解。而澹澹在诗外也这样说：“当我也当了母亲之后，才更理解母亲眼里、心中的爱。”

另一首《爱的年轮》更是澹澹对于父母爱的阐释。全诗以一个问句作为开头：“爱要怎么说出口”，然后将爱比作一湾浅浅的池水，爱之卑微：低低地蓄在你脚下；爱之细碎：泛起丝丝的涟漪。父母的爱既琐碎平凡，又深刻沉重。澹澹将被风吹起的池水泛起的涟漪比作层层叠叠的年轮，赞美了父母对孩子的爱。

（王　璐）

范　军

范军，1972年出生于山东济宁。2004年毕业于南开大学文学院宗教文化与文学专业，获文学博士学位。曾任中国华侨大学文学院副教授，现定居泰国，执教于泰国华侨崇圣大学中国语言文化学院，担任世界汉学研究会理事，泰国华文作家协会理事，泰国留学中国大学同学总会文艺写作学会副秘书长，小诗磨坊成员。长期以来致力于宗教文化与文学以及海外华侨华人的研究，业余时间热衷于文学创作。

他乡

醉卧高楼之上
酒醒满地月光
那开满鲜花的山坡
南风吹来甜蜜的果香

这是否是我的应许之地
河里有鱼田里有米的地方

〈诗外〉久居泰国，习惯了这里的一切，常常有“却把他乡作故乡”的错觉。

冬天

你站在门外
不肯进来
门铃响过

却终不见你的踪影

今夜曼谷些许清凉
大雪和你滞留在我的家乡

〈诗外〉岁暮迎新，兄长来电话说山东老家乡下大雪，蓦地想起已经许多年没有见到雪花了。

诗歌赏析

《他乡》是一首充满思乡之情的诗。诗人久居泰国，经常会有一种错觉，泰国就是自己的故乡，中国山东离自己越来越远。其实在诗人的内心深处，山东济宁才是自己真正的故乡，不然，诗人也不会把这首诗命名为他乡。可见诗人并没有忘记自己的根，没有忘记生他养他的故乡——山东济宁。

《冬天》是一首含蓄的思乡之诗。诗人借雪来抒发思乡之情，泰国是不下雪的，不同于诗人的故乡。兄长的一通电话将自己的心带走了，带到了遥远的山东。而诗人却不能一睹雪景，只能默默地在心里怀念故乡的雪景。诗中的“清凉”二字足以表达诗人内心的情感，充满了不可言说的感伤。

范军的这两首小诗抒发了浓浓的思乡之情，从诗中可以感受到一颗赤子之心。故乡是永远的依靠和依恋，无论身处何方，诗人用自己的妙笔传达着浓浓的乡愁，深深地感染了读者。

（李笑寒）

李学志

李学志，1981 年出生，现居泰国曼谷，供职于泰国曼谷博仁大学东盟国际学院。曾在《今日泰国》《泰华文学》等杂志发表散文、诗歌作品多篇，另有作品散见于泰国各华文报刊。微型小说《请相信我》《老王》被收入泰华微型小说集《微园》，散文《夜游湄南河》《阿尤塔雅纪行》《梦里的水乡江南》《秋思》等被收入泰国华人《蕉雨情浓》等散文集，另有闪小说《失踪》获得首届全球华语闪小说锦标赛优秀奖。

等

母亲的目光
游离在村口

村口空空地
站着一株柳

柳上子规啼
“不哭，不哭。”

感怀

明月门前坐
乡愁梦里生

一杯浊酒尽
半世叹伶仃

诗歌赏析

《等》这首小诗共六小句，三小节。小诗的开头两句描写了一位母亲在村口盼望子女归来的场景，中间两句说明母亲并没有等到自己想要等的人，在空空的村口能看到的只有柳树一株，最后两句作者引用“子规鸟”的典故渲染了母亲终日盼望子女早日归来的哀切。

《感怀》这首小诗是经典的五言诗，整首诗充斥着“乡愁、思念”的元素，“明月、浊酒、伶仃”无不表达着作者深深的乡愁之情，后两句表达了作者离家万里，独自一人在他乡极度思念故乡之情。

诗人的两首小诗表达对母亲、对故乡的思念之情，作者十分擅长描写这种有情感元素的小诗，感情充沛，语言细腻。

（王思佳）

杨　棹

杨棹，本名杨搏，1983年出生于河北邯郸。云南大学中文系毕业，做过广播电台摇滚乐节目主持人、滇西导游，后赴泰国南部边疆北大年府宋卡王子大学中文系任教，喜欢在路上的感觉，骑摩托车勇闯恐怖袭击频发的泰国南部边疆三府。硕士毕业于中国华侨大学与泰国华侨崇圣大学合办的中国现当代文学专业，现任教于泰国纳瑞宣大学中文系，亦是泰国华文作家协会会员。喜欢庄子哲思、日本俳句、莱纳德·科恩诗歌以及众多后现代主义作品。

金宫县小溪

水雾弥散
小蟹急躲青石岩
竖起两只眼

戒律

守夏节的路上
不见云游的黄衣和尚
稻田绿得有些寂寞呀

诗歌赏析

杨棹的诗歌有很明显的后现代色彩，展现出更加多变的风格。

《金官县小溪》只有短短三句，作者运用拟人的修辞手法刻画出一只可爱生动的小螃蟹，伴随着潺潺的水声，给人以清新之感。《戒律》中寂寞的稻田，在看见云游归来的和尚后才焕发出新的生机，这是人与自然和谐相处的美好景象。

作者在小诗创作中，通过生动有趣的文字刻画生活中的美好景象，使读者不仅能感受扑面而来的勃勃生机，更体会到他对自然的尊重，对未来的美好向往。

（王　璐）

印度尼西亚卷

莎　萍

莎萍，原名陈喜生，1935年出生于福建金门阳宅乡。1953年开始写作。1961年厦门大学华侨函授部中国语文系毕业。出版个人文集《等待》(2002)，与夫人小心的合集《感谢你，生活》(2004)、《茶的短章》(2006)、《感情的河》(2008)、《写给未来》(2010)、《酿诗·春天》(2012)、《小水滴与诗评》(2014)、《小水滴与诗评第二集》(2016)。2004年主编《亚细安文艺营文集》，2005年主编文友合集《生命的火花》，2006年主编文友合集《春天的涛声》，2011年主编《印华新诗二百首》，2012年主编《印华小诗森林》。现任印度尼西亚华文写作者协会副主席。

我爱你

年幼时绕着脖子埋进胸怀
缠绻拥吻喊道:我爱你
长大了再也嚷不出这一句
只能以眼神表达用双手扶持
有时关切问道:哪里不舒服

沉思——题罗丹的雕塑

支着头　独坐不言不语
不管雨的鼓噪风的叹息

把眷恋和悲戚默默吞下
低下头　才能看见自己

诗歌赏析

《我爱你》这首小诗总共五句话。首句的“年幼时”与第三句的“长大了”，描述的是“父子之情”。年幼时由于身形娇小，可以抱住父亲，将头埋进父亲宽厚的怀中，亦能够不畏羞涩大胆地说出“我爱你”。随着年龄的增长，则更多以另一种方式来表达心中对于父亲的爱，这也是许多人感同身受的经历。

《沉思》这首小诗总共四句话，却饱含哲学的深意和对人生的思考。第一句用拟人的手法把雕塑作品写活了，第二句写出了雕塑作品经历风吹雨打却仍然淡然自若。很明显，作者渴望达到小诗第三句那样的境界，当真正放下一些东西和情感时，才是审视自己的最佳时机。

（王思佳）

高　鹰

高鹰，原名丘湘元，1938年出生于印度尼西亚万隆市。中学开始文学创作，早期以诗为主，最近几年多写一些散文、小说。其散文主要收入《高鹰散文选》，曾主编《印华散文选》，现为印度尼西亚华文写作者协会副会长。

飞燕

电闪雷霹雳
百鸟争归身战栗
飞燕迎风雨

笔

小小一支笔
一挥无穷大威力
天穹留笔迹

诗歌赏析

第一首《飞燕》，短短的三句已尽显出类似高尔基名作《海燕》的精神内蕴。在“百鸟”争相躲避那“电闪”“雷”“霹雳”的时候，只有“飞燕”不畏艰难险阻，飞向那暴风雨。它所承载的是一种大无畏的精神气概。

第二首《笔》，以“笔”外在形态之小，与其内在“威力”之“无穷”相对照，可见文学不仅是茶余饭后供人消遣之用，更具有推动社会发展、震撼人类心灵的作用，它不是短暂的浮光掠影，而是永恒的，是永存于“天际”的。

在这两首小诗中，有一个共同之处——用一个生活中具体的“物”，作为意象，来指向诗人所要呈现和表达的意义。它们有着一种共同的精神气质，一种“硬气”。这种“硬气”是“飞燕”的不畏前途艰难的勇气，也是文人以小“笔”写大文章的豪气。从这两首短小精悍的小诗中，可以窥见诗人精湛的象征主义艺术技巧的运用。

（任金刚）

卜汝亮

卜汝亮，1943年生于印度尼西亚万隆市，祖籍广东梅县松口。万隆华侨中学高中毕业，毕业后留校任初中教师。现任印华文学社主席，印度尼西亚《国际日报》和印华文学社周刊《绿岛》主编。2004年出版印尼文版的诗歌散文集《千岛暮色》，2006年出版印尼文翻译版《竹帘——中国新诗集》，2010年出版诗文集《我没见过中国的月亮》，2010年出版印尼文翻译版《雪、咏梅——毛泽东诗词集》，2012年出版散文集《千岛中华儿女》。

寓言

寓言
常把人比作野兽
野兽
愤愤不平
惊惧那人性
更庆幸自己不是人类

曼谷的月

曼谷的月　弯弯
凝视地上夜灯　人妖　闹市　暗角

曼谷的眼睛　灿灿
哪有暇回望天上
那孤月

诗歌赏析

《寓言》以寓言的形式，对寓言进行了反讽，也是对人性的反讽。在众多的寓言中常常是“把人比作野兽”，总是说野兽的行径十分罪恶，在寓言中尽是对野兽的批判，而实际上，野兽对这些坏事一无所知，因为这些都是人犯下的罪恶。野兽对这些强加于自己头上的罪名很是愤愤不平，而又无处诉说。野兽对人类又是害怕的，害怕人类的那些罪恶行径有一天会实施到自己身上。野兽也是庆幸的，庆幸自己不是人类，没有像人类那样犯下那么多的罪恶。这种反讽深刻地反映出诗人对现实社会中人性的种种罪恶的分析。

《曼谷的月》小诗分为两节，两节的内容是对立而各自突出的。在第一节中，诗人以“曼谷的月”的视角，俯视下面的人们，弯弯的月亮静静地凝视着曼谷的夜。这夜是热闹的，夜色中的人们是忙乱而一派热闹的。月光照着喧闹的街市，也把清辉洒到寂静的暗角。第二节，诗人以曼谷为视角，这个闪闪发光的城市，在喧闹的氛围中根本无暇顾及天上的月亮。这曼谷城中的人们哪里有闲暇去欣赏天上那弯弯的明月，此时能够有闲暇与这孤月相对的，也就是在这喧闹城中的清醒者。

卜汝亮的小诗注重对自然的洞察，对自我境界的探索。在自然的风景面前诗人驻足欣赏，由景入理的思考让诗歌境界一步步提升。卜汝亮在日常的生活中以另外一双眼睛来诗意地观察这个世界，看到寓言中的种种悖论，人性中潜藏的恶念；读出曼谷月亮的孤独与寂寞，这些是诗人独具慧眼之处，也是诗歌中展现的独具一格的地方。读卜汝亮的诗歌，能够感受到深藏在诗歌表象下诗人的那种跃动而火热的情感，并且能够在诗人的启发下对人性有深入的思考。

（符丽娟）

顾长福

顾长福，1943年出生于印度尼西亚东加里曼丹省三马林达市。祖籍广东台山，在当地华文学校毕业后，曾在母校任教多年。1966年因印度尼西亚进入华文学校停办的严令期，举家迁居东爪哇泗水谋生创业。目前为印度尼西亚华文写作者协会理事，代表作有《顾长福诗集》等。

老模范

人老了
活的细胞存几颗？

发挥仅存者
亮丽的牌坊高耸着

夕阳绑架着我　回击它！
谨慎言行我一致

门的独尊

天下有不计其数的
男女老少　大官小吏
酷爱自夸放肆是他们的秉性

但,他们始终斗不过我

越不过我眉头
还必须从我的胯下而过

诗歌赏析

《老模范》是诗人写给自己,同时也是警示他人的一首小诗。第一小节中用一个问句提出了一个尖锐的社会问题:“人老了/活的细胞存几颗?”诗人谴责那些为老不尊的人,晚年无法保持高洁的品质,走向糜烂和堕落。诗人在最后两句表明他的态度:“夕阳绑架着我　回击它!/谨慎言行我一致。”这是诗人自身对于晚年生活的愿望,也是对所有人的愿望。

《门的独尊》这首小诗,诗人通过门这个视角来表达对世间百态的看法——无论什么样的人,具有什么样的社会地位,都只能从门下走过。诗人借门之口来讽刺那些通过金钱和权利获得社会地位的人,无论是谁,都必须遵循自然规律和一般的生存法则,人生来就是平等的。

(王　璐)

袁　霓

袁霓，原名叶丽珍，1954年出生于印度尼西亚雅加达。小学五年级时华文学校被封闭。1972年开始写小说、散文、诗等作品，向当地的《印度尼西亚日报》投稿，1978年搁笔，1987年又恢复写作至今。擅长写小说，文笔风趣，是20世纪70年代的勤劳写作者代表之一。1996年和茜茜丽亚、谢梦涵合作，出版印度尼西亚华人首部女性诗集《三人行》，1997年出版短篇小说集《花梦》。现为印度尼西亚华文写作者协会会长，世界华文微型小说研究会副会长，印度尼西亚梅州会馆秘书长，印度尼西亚雅加达华文教育协调机构执行委员会副主席，印度尼西亚厦门大学校友会副理事长。

网

我把回忆织成一张网
网把我罗进回忆
在星月交辉的晚上
把回忆撒开
点数着一个个
蹦跳的故事

黑白子

没有是非

没有输赢
只有黑白

翻来翻去
黑还是黑
白还是白

诗歌赏析

《网》中诗人以象征的手法写出“网”的生活状态。生命仿佛是一张大网，大网中又有诗人编织出的无数张小网，网住了诗人。这张网中有无数星星点点的故事在闪亮，那是生命中曾经的光亮之处，它们都在诗人细心编织的网中存放，在星辉斑斓的夜晚让诗人一一品鉴。

《黑白子》以简单的诗句，写出了围棋的哲理意味。黑白本无意，只是为了区分彼此，无论哪种颜色都不能代表赢或输，无论经历多少场厮杀，“黑还是黑”“白还是白”，这也代表了诗人内心对世事人生的看法。在诗人眼中，无论经过怎样的世事变迁，有些事情始终不受外物的影响，就像黑白子一样的纯粹。

袁霓的小诗灵活地运用拟人、比喻、象征等手法，使诗歌更加具有表现力，尤其是象征手法的运用使得诗歌的哲理意味更加浓厚。小诗中闪耀的哲理光芒表现出诗人对世间的一份坚定的单纯。

（符丽娟）

于而凡

于而凡，原名周福源，祖籍广东梅县，1956 年出生在印度尼西亚中爪哇梭罗。1982 年万隆巴拉香安天主大学建筑系毕业。在雅加达拥有建筑设计室，建筑作品曾获得印度尼西亚建筑协会奖章。

之前用印尼文发表散文，作品曾被译成英文在英国学术期刊发表。2007 年编选并翻译出版双语中国古代诗歌选集《明月出天山》。2007 年开始用中文创作，获得金鹰杯散文比赛冠军。2009 年获得苏北文学节诗歌比赛第一、新加坡国际散文比赛优异奖。2010 年获得金鹰杯短篇小说优异奖。

司马迁

你送我们一份家谱
事件纪年已模糊
前人面目却异常清楚

文人侠士将相侯帝
梦魇里始终悬挂
那支冷酷的身后判笔

填海

我要用弱小翅膀

和短暂一生把海填平
并把誓言注入愚石心房

在我死后
它将裂成千万万顽石
继续与时间海洋对抗

诗歌赏析

《司马迁》这首小诗表达了诗人对司马迁不畏强权、坚持自我记录历史的尊敬与赞扬之情。小诗分为两节，第一节中描述了司马迁所著的《史记》虽然事件纪年都已模糊，但记述的前人面目却异常清晰。后一节表现了司马迁记载历史时公正不阿的态度。文人侠士将相侯帝，无论是谁，梦魇中都逃不掉那支冷酷判笔的记录。小诗没有正面描写司马迁的种种，却从他人的言行中反衬出司马迁作为史官时的公正与廉洁。

《填海》描述了精卫以弱小身躯填平大海的坚定决心，表现出诗人对精卫填海的赞扬与称颂。小诗别有新意地以精卫的口吻来表达，拉近了与读者之间的距离，更容易传递感情。

于而凡的小诗善于将古时的故事与现实环境相联系，同时将感情投注其中，带给我们一次次美好的审美享受。

（金　莹）

狄　欧

狄欧，原名郑建国。1959年出生于印度尼西亚苏岛的占碑。祖籍福建漳州。自小受印尼文教育，毕业于印度尼西亚雅加达私立大学。华文知识来自补习和自修。1996年开始写作，文体主要为散文和新诗。习作曾经发表在印度尼西亚华文报刊和国外诗刊。

老人的话

回忆陈酒淌过
流金季节的故事
常挂在老人嘴边
不厌其烦地重复
一遍又一遍

惆然记

与你共处时均在日记里存留
岁月逐渐将它叠满
重翻细读　咫尺又天涯
恍然日记里　真正属于
自己的仅仅是
标点符号

诗歌赏析

《老人的话》这首小诗总共五句，“陈酒”“流金”特指过去的事物，“流金”是流金岁月的简写，特指过去美好的时光，并有提醒珍惜眼前时光的意思。日常生活中老人们确实很喜欢将许多回忆说成故事，作者小诗的后三句非常朴实、非常写实。

《惘然记》这首小诗总共六句，作者与“你”之间拥有一整本日记的回忆，当再次品味这份回忆时，发现当时记录的自己还有“你”早已物是人非，这种感觉“咫尺又天涯”，忽近忽远。最后两句充满了作者对回忆的怀疑，就连诗中当时的自己也充满了矛盾和惘然。

诗人擅长用言简意赅的语言来表达自己内心所想，语言流畅，用词准确，让读者能够较轻易地感同身受。

（王思佳）

符慧平

符慧平，1974 年出生于印度尼西亚廖群岛省老港，16 岁开始写作，作品多发表于印度尼西亚报章副刊及新加坡文学刊物。2016 年 5 月出版个人微型小说集《小小世界》，目前是一名华文教师。

重

生活之重
承于肩

生命之重
缘于情

诗歌赏析

《重》全诗共 4 句 14 字，对仗工整，上下呼应。上阕明确地表达出了人们在日常生活中必然承受各种各样的压力，让人不免略感沉重，下阕点出其实生命之重还是源于我们的至情至性。其实，人活一世要面临很多事情，还是应该保持一颗平常心。每个人都是带着使命来到世间，唐代诗人李白曾有一句名言"天生我材必有用"。本诗作者虽与李白在地域和时间上有着巨大差异，但是两人在抒发对生命和生活的感悟时，确实闪现出了同样的智慧火花，这也说明了生活和生命的意义是人类永恒追逐的主题。

总之，符慧平的小诗多倾向于对生活的思考，充满哲理性。

（李笑寒）

莲　心

莲心，原名陈桂萍，出生于1977年，印度尼西亚公民，居住于雅加达，自由职业，印度尼西亚华文写作者协会总会理事，东南亚华文诗人笔会永久会员。获奖多项，作品多发表于各地报刊，著有诗集《那朵轻飘而过的云》和文集《足迹》。

拜佛

抬头　望见慈的眼
低头　看见心中莲
天堂的阶梯
就架在俯仰之间

棺材

之所以躺下去
是因为
——身不由己

诗歌赏析

《拜佛》《棺材》这两首小诗其实有异曲同工之妙，诗人构思巧妙，都用最简单的话语点出了核心所在，让人顿悟。

《拜佛》这首小诗前两句“抬头，望见慈的眼/低头，看见心中莲”，“抬头”

对应“低头”,“望见”对应“看见”,“慈的眼”对应“心中莲”。“心中莲”这里诗人还藏了自己的名字,更能感受出诗人的虔诚。我们都知道,拜佛是一种虔诚的礼敬,每当到了寺院,就能感受到一份超尘的清净与安详,生出一份庄严与宁静的心态。“天堂的阶梯/就架在俯仰之间”,抬头低头之间,就完成了一次心灵的寄托,无论是因为什么去拜佛,都可以在俯仰之间感受到那份神圣,得到一次升华与洗礼。诗人用巧妙的创作手法,表达出了对拜佛的虔诚。

《棺材》这首小诗只有三句话,“之所以躺下去/是因为/——身不由己”。这里诗人用了破折号,就可以感受诗人说出“身不由己”四个字的沉重感。记得读过这样一段话:“每个人都想去天堂,但是,绝对没有人愿意通过死亡来去天堂。”每个人都有生命终结的那一天,躺下去的每一个人,都有自己的身不由己。诗人通过简单的三句话,道出了所有人的心声。“棺材”很重,提起这个话题,也会不由得让人心情沉重,真正经历过生离死别的人,更能体会到人生没有比“再也见不到”更令人痛苦的事情,所以更要珍惜活着和活着的每个人。

(张瑞坤)

菲律宾卷

非韩实学

吴天霁

吴天霁，福建晋江人，1940 年生于菲律宾南部棉兰佬岛。高中毕业于宿务市中国中学（现宿务东方学院）。“东南亚华人诗人笔会”创会理事之一，“千岛诗社”创始人之一，“新潮文艺社”理事，“菲律宾华文作家协会”理事。20 世纪 60 年代作品入选《中国情诗选》（台湾版）；20 世纪 80 年代作品入选台湾地区《联合报》《联副三十年文学大系——抒情诗卷》；2011 年《神话 2》与《变面记》入选《亚洲诗选》（韩国版），以及菲律宾华人各种诗歌选集。著有诗集《耶稣的怀念》《吴天霁跨世纪诗选》。

故乡

从来没有人能破解
婴儿离开母体时
哭叫的讯号：

舍不得母亲的子宫

斗室

妻和我
在斗室中
生活着

我们时常
对望着
使斗室
无限大起来

诗歌赏析

《故乡》这首小诗将“婴儿离开母体时/哭叫的讯号”破解为“舍不得母亲的子宫”。这种解释显得很独特，可以说，“婴儿”就是那远离家国的华侨们，“婴儿离开母体”更是象征着华侨们不得已离开母国之现象。这短短四行诗句，把身居异国、浪迹天涯的海外游子的那种连绵不绝的母国情怀，形象地渗透在字里行间。那一声婴儿的啼哭，让人读来似乎感受到了心灵上的强烈震撼。从这首小诗中，能感受到诗人说不完的“离散”，道不尽的“乡愁”。

《斗室》这首小诗共两小节，小诗前一节描述了“妻”与“我”的生活环境——“斗室”，他们在这样狭小的空间中日复一日地生活着。小诗第二小节却笔锋一转，原本狭小的“斗室”却在他们彼此的“对望”中变得“无限大起来”。究竟是什么让“斗室”不“斗”？读者读完后会发现，那是他们从彼此眼中看到的希望和梦想，那是他们可以相濡以沫、同甘共苦的爱。所有眼前的一切困顿都在彼此的“对望”中不复存在，因而“斗室”也变得“无限大起来”。

吴天霁的小诗写作可谓造诣深厚，他以独特的诗思，敏锐地捕捉到生活中的细微变化，加以艺术的提炼并展现给读者。吴天霁的小诗，无论是诗人的“离散乡愁”、对于和平与爱的美好愿景，还是诗人内秀的情感都在其短短几句诗中表现得淋漓尽致。

（刘世琴）

白　凌

白凌，本名叶来城，1943 年出生于菲律宾，1993 年加入台北创世纪诗社，作品散见于各华文报纸及诗刊。所著《白凌诗集》2006 年荣获台湾侨联文教基金会华文著述奖文艺创作诗歌类第一名。曾是辛垦文艺社社长、千岛诗社社长暨创始人之一、亚洲华文作家协会菲律宾分会常务理事、菲律宾华文作家协会发起人之一。

海的联想

（一）

海醉了
所以摇摇晃晃

（二）

海　是一张摇床
摇动童年
摇动岁月的浮沉

（三）

拍岸的涛声
是唱不完的情歌
高耸的海浪
是思念的眺望

春秋的心情故事

（一）

秋深时
伊把风干的情话
说给大地听

春醒后
我将冬眠的心事
晾给阳光看

（二）

秋深时
过境的冷风
吹落满怀心事

春醒后
融雪的声音
感动大地落泪

诗歌赏析

第一组小诗《海的联想》是由三首小诗组合而成，开篇第一首运用拟人的手法，将波涛起伏的海面比作喝醉而摇摇晃晃的人，第二首将海比喻成摇床，并由摇床联想到抒情主人公的童年以及流逝的青葱岁月，第三首则将涛声比作情歌，将海浪比作“思念的眺望”。全诗形象生动地将海进行拟人、比喻，三首小诗共同表达了诗人白凌对大海的热爱和赞美。大海见证了傍海而居之人的全部人生，而且早已化作海民生命的一部分，那里寄寓着他们的情感、思念和精神。

第二组小诗《春秋的心情故事》由两首各六句小诗组合而成。第一首小诗分上下两节，每节均按照“三—七—五”的字数排列，显示出一种整体的建筑美。两首小诗第一小节均从深秋时节写起，到了第二首则转入初春时节。第一首小诗中，诗人在深秋时对大地诉说情话，而在入春之时对春阳叙说冬眠的心事。第二首小诗中，深秋时节的冷风吹落了诗人的心事，而在春天来临之际静听融雪之声，则生出一种大地落泪的感动。可以说这是诗人与大自然的灵魂沟通之曲。

白凌对大自然有一种纯粹而炽烈的爱与关怀，无论是面对大海产生的种种联想与情思，还是在春秋时节将心事说给大自然听，都显示出白凌对自然风物的敏感触觉，同时也展示出作为海之子、地之子的诗人晶莹灵动的内心世界。

（岳寒飞）

施文志

施文志,1946年出生,笔名文志。20世纪80年代菲律宾华文文艺复兴期间,先后加入新潮文艺社、辛垦文艺社、菲律宾华文文艺工作者联合会、千岛诗社。菲律宾华文作家协会发起人之一,曾任四届秘书长。菲律宾华文专栏作家协会发起人之一,现任秘书长,并在《商报》之"大众论坛"、《世界日报》之"小广场"、《潮流》杂志撰写专栏。文学作品曾获1984年"菲华新诗奖"佳作奖,1985年"河广诗奖"新人奖,1986年世界日报文学奖之散文组第二名。作品发表于菲律宾及东南亚各华文报刊。已出版的作品有诗文集《诗文志》,诗集《解放童年》,中菲双语诗集《解放童年 Pinalayang Kamusmusan》(2011年荣获菲律宾作家联盟颁发的最高文学奖:菲律宾诗圣描辘沓斯奖),中、菲、英三语诗集《解放童年》。

生活

为五斗米折腰
我的骨气
有凹有凸

凹的　是一个家
凸的　是一个人

故乡

年年月月日日
时时分分秒秒
像童谣
很乡愁

啊！岁月
我们的故乡

诗歌赏析

《生活》这首小诗，最吸引人眼球的就是“凹凸”两个字。“我的骨气/有凹有凸”，“凹”的是什么？“凸”的又是什么？如果不看完这首诗，难免会让我们感觉有些不知所云。诗人开头第一句就说“为五斗米折腰”，很贴近“生活”这个话题，“凹的，是一个家”“凸的，是一个人”。诗人为了自己这个“家”，可以“为五斗米折腰”；而为了自己这个“人”，不可以“为五斗米折腰”。这就是诗人笔下真实的生活，我们要承担起一个家的责任，就要考虑温饱冷暖，不可能事事按照自己的意愿来；但是每个人都有自己的追求，自己内心都有真正想坚持的某种感情。所以，看似很简单的一首诗，里面包含的是诗人人生的阅历与沉淀，他想告诉我们，无论是“凹”还是“凸”，我们都要为了活得更好而努力，为了自己的追求而坚持。

《故乡》这首诗在用词上很独特。诗人用了“年年月月日日/时时分分秒秒”这简单的几个字，就把自己的童年和故乡都包含了进去。“像童谣”“很乡愁”，一个“像”，一个“很”，表达特别贴近。读起来像童谣一样，但是却充满了时光流逝的乡愁。第二部分，“啊！岁月”就彻底把情感爆发出来，掩饰不住自己对过去、对故乡的思念。回不去的是岁月，岁月里包裹着满满的乡情。

（张瑞坤）

温陵氏

温陵氏，本名傅成权，1947年出生于福建泉州，20世纪70年代初从香港移居菲律宾宿务至今。菲律宾华文作家协会会员、中外散文诗学会会员。菲律宾世界日报和商报自由撰稿人。已出版诗文集《雾岛涛韵》《过去未来共斟酌》。作品散见于《菲华文学》《散文诗世界》《上海歌词》《福建歌声》等杂志。作品入选《中国散文诗百年经典》、《中国散文诗年选》、《中国年度优秀散文诗》、《世界华文诗歌荟萃》（香港）、《新世纪文艺》（新加坡）、《秋水诗刊》（台湾）等选本。

走味的家书

鼠标淘汰墨砚
键盘取代纸笔
十指弹出的方块
如何也嚼不出
一撇一捺一竖
用心书写的滋味

再干一杯

杯中盛满故乡的圆月
酒里沉潜游子的诗魂
挥去一缕乡愁

喝下万盅情亲
纵然醉倒
也是在故乡

诗歌赏析

《走味的家书》《再干一杯》这两首小诗，虽然名字不一样，但都离不开“思乡”，就像诗人在给我们慢慢讲述他那尘封的故事。

《走味的家书》这首小诗角度非常独特，虽然也有表达对家乡的思念，但是不像其他诗那么沉重。诗人选择了一个新颖的角度——书写工具的变化，让人眼前一亮，给人焕然一新的感觉。现在的“鼠标”对应过去的“墨砚”，现在的“键盘”对应过去的“纸笔”。“十指弹出的方块”这句话非常生动形象，电脑前的键盘就是一个个方块，诗人用了“弹”这个动词，一下给整个画面增添了一种欢快感。后面三句话就开始抒发主旨，这些东西，是没办法取代“一撇一捺一竖”，在诗人心里，汉字已经不仅仅是书写的工具，更是充满了感情的故乡之物，每一个笔画，诗人都想用心书写出真正的滋味。我本无情，但你给了我喜怒哀乐，给了我感情。就像《走味的家书》这首诗的题目，“走味”二字已经表达出了诗人是不喜欢现在的这种书写工具的，因为冰冷的鼠标、键盘代替不了一撇一捺的用心。就像《龙文》歌词里唱到的“一横长城长，一竖字铿锵”，每一个中国人对于汉字的感情都是不言而喻的，这也正是诗人更偏爱“笔墨纸砚”的原因。

《再干一杯》这首诗的主题依然是“思乡”，诗人把场景换到了“圆月”“酒杯”，一幅杯酒望月思故乡的画卷向我们展开。天上的圆月也是故乡的，月亮倒映在酒杯里，酒杯里盛满了对故乡的思念。李清照曾经在《菩萨蛮·风柔日薄春犹早》中写道：“故乡何处是，忘了除非醉。”然而诗人情愿醉倒在这装满了故乡的酒杯，借酒是为了消愁，即使愁不能消，也可以潇洒地再干一杯故乡之酒。

（张瑞坤）

张 琪

张琪，出生于1956年，曾用名张子灵、张灵。祖籍山东，生于中国台湾。20世纪80年代移居菲律宾，圣多玛大学(UST)文学硕士。文心社菲律宾分社社长、千岛诗社副社长、菲律宾华文作家协会理事、亚华作协菲律宾分会副秘书长、华青文艺社工作委员。《世界日报》专栏作家。菲律宾中正学院校长助理兼中学部中文主任、大学部中文方案主任、菲律宾华文学校联合会教师教学研究会会长。顶石建筑公司总裁、设计总监。创作的作品包括新诗、小说、散文、随笔、评论，出版诗集《想的故事》。

面貌四重奏

(一)欢喜

翩翩起飞
把欢欣和喜乐
配对成新婚夫妻
那微甜的誓言
正好在睡前满溢

（二）愤怒

举起一把毁灭的斧头
用了天才的想法
疯子的手段
挥砍向
收藏好的美梦

（三）哀伤

十字架背在脊骨间
那不是苦难只是
不死的原罪控诉
吮吸血脉已裂的痛楚
只等着,只能等
刹那间的救赎

（四）快乐

柔美如云的丝巾
起了微风
恰似一缕亲吻
从脸颊延至项颈
一路山水荡开
幽谷峻岭响起了
一朵朵的清脆
让有耳的人听见了

诗歌赏析

《面貌四重奏》这首诗不禁让人想起了贝多芬的“弦乐四重奏”，仿佛让人听到了“喜怒哀乐”的声音。整首诗一共四个部分，每一个部分都表达了诗人的一种情感。

第一部分的主题是“欢喜”。“翩翩”“欢欣”“喜乐”“微甜”都围绕“欢喜”来写，把“欢欣”和“喜乐”比喻成一对新婚夫妻，彼此诉说着“微甜”的誓言，在睡前满溢。一幅温馨喜悦的画面就呈现在我们面前。诗人构思用词都特别巧妙，仿佛看到了许多喜悦的音符在我们面前跳跃。

第二个部分的主题是“愤怒”。诗人用了几个极具张力的词语来写愤怒——“毁灭”“天才”“疯子”“挥砍”。每一个词其实都别有含义，就像踩下了钢琴下面沉重的踏板，发出了愤怒的音响，落地有声，让人联想。也许在诗人眼中，天才和疯子是有共同点的，他们扼杀了所有的美梦。这一部分不同于第一部分，并没有出现愤怒的词语，但是让我们感觉到了愤怒的存在。

第三部分在写“哀伤”，诗人笔下的哀伤让人想到了上帝的救赎，一切苦难与痛楚，都等着上帝的拯救；一切原始的罪恶，都等着上帝的救赎。其中蕴含了一种信仰，这种信仰也许就是为了治愈哀伤。

最后一部分写“快乐”。诗人的快乐是一首柔美动听的旋律，“微风中的丝巾”“温柔的亲吻”“幽谷荡开清脆的声响”，把物、景、声音都融为一体，展现出一幅快乐的画面。诗人心中的快乐，其实更多的也是一种自由，就好像经历了前面种种，最终“守得云开见月明”的开阔。

整首诗就是一首完整的四重奏，把喜怒哀乐蕴含其中。生活是一首包罗万象的歌，每天唱不完的是喜怒哀乐。

（张瑞坤）

苏荣超

苏荣超，1962年出生于中国香港，福建省晋江市人，十三岁移民菲律宾。菲律宾圣道托马斯大学工业工程系毕业。作品散见于菲华及海内外报刊。现任东南亚华文诗人笔会理事、菲律宾华文作协理事、菲律宾千岛诗社副社长、亚华作协菲律宾分会理事、菲律宾《世界日报》文艺专栏作家。著有诗文集《都市情缘》。

蝉

吵醒整季的夏天
知了知了
随手开窗
把抗争悉数摘下

还蓝天
一片纯净

化装

天然的绘本
非转基因

脱下一脸疲惫

然后
将笑颜涂抹在
面庞上　赴约

诗歌赏析

蝉是夏天的象征，在作者笔下，蝉被比喻成斗争、反抗的人群，“还蓝天一片纯净”，一语双关——一方面是扫去了夏日的聒噪，另一方面是让社会回归和平吧。

所谓人生，就是我们每天都在不同的场合，扮演着不同的角色，然后粉墨登场，所以我们都戴着面具，都需要化装。《化装》却用最简单的话语告诉我们，其实最好的化装就是我们的笑颜。作者希望人们都能卸下伪装，待人接物都奉之以最单纯的微笑和最真挚的心灵。

作者苏荣超总能给我们带来不一样的想象和不一样的感觉，他的小诗比喻新颖、想象奇特、描摹贴切，寓意深远、发人深省，给人一种豁然开朗之感。在他的诗中，我们除了能感觉到作者细腻、丰富的情感，更多的是对祖国繁荣昌盛的一种期待和憧憬。

（吴　悦）

蔡　铭

蔡铭，1965年生，福建晋江人。1977年随父母移民菲律宾；1983年获菲华新诗奖佳作奖；1984年获河广诗奖、新人奖首奖；1985年获学群诗文奖首奖。千岛诗社发起人之一，曾任该社第六、第七届社长。

砧

当了多年
刀的帮凶
才发现
自己
伤痕累累

诗歌赏析

《砧》这首五句小诗只有一节，描述了一块“当了多年/刀的帮凶”的“砧”，却发现自己早已“伤痕累累”的事实。虽然“砧”并没有直接伤害他人，但是它总是扮演着“一个帮凶”的角色。没有它的参与，“刀”无法做到手起刀落。虽然“砧”没有直接伤害他人，一直躲藏在“刀”的背后，总以为能够躲避世人的讨伐，却不曾发现自己多年积累的“累累伤痕”就是自己犯罪的证据。世上任何事情总是有因才有果的，你曾经做过“帮凶”，总会被岁月记录下来，并悄悄烙印在你的身上。多积善事，必得善果，否则，伤人终伤己，终有一天，岁月会给你揭开答案。

（刘世琴）

王　勇

王勇，1966 年出生于江苏常州，祖籍福建晋江安海镇，1978 年定居菲律宾马尼拉。亦文亦商，已出版诗文集十二部。在东南亚积极倡导闪小说、闪小诗创作。经常获邀出席国际华文学术研讨会并宣读论文，多次应邀担任文学奖评审。诗作多次获奖，2017 年 4 月以中文现代诗创作荣获全菲律宾最大、最权威的文学组织菲律宾作家联盟“诗圣巴拉格塔斯文学奖”。现任菲律宾马尼拉人文讲坛执行长、世界华文微型小说研究会副会长、菲律宾安海经贸文化促进会会长、菲律宾华文作家协会秘书长。

火中读诗

点给父亲的纸钱
每张都写上了诗句

很快，父亲就用
燃烧的眼睛把它
读完，一字不漏

变脸

舞台上，卖力表演绝活
掌声把他捧在半空

下了台，对着一桌喘息的脸
发怔：哪张才是我的

诗歌赏析

《火中读诗》是一首让人感动的诗。整首诗充满深深的爱，在诗人的笔下，每张纸钱上都写了诗句，在天堂的父亲收下了每一张纸钱，也读完了这些诗。用“燃烧的眼睛”来形容父亲，新颖独特，可见诗人用心良苦。在诗人的笔下，火中读诗是一个神圣而伟大的举动。

《变脸》是一首充满哲理的诗。在舞台上卖力表演的艺人陷入了深深的思考：舞台之上，是一个人；舞台之下，又是另一个人。不知道哪一个才是真实的自己。由于职业的缘故，变脸艺人已分不清自己。其实，在现实生活中，会有很多人逐渐迷失自我。

王勇的这两首小诗风格鲜明，充满对生活的感悟。他是一个不可多得的诗人，认真观察生活，并将生活中的小事融于诗中，书写哲理，教导世人。他的诗，会给人一种朦胧的感觉，同时又揭示出真理，让人留恋。

（李笑寒）

林素玲

林素玲，1966年出生于菲律宾。数学系学士，曾在商业管理研究院进修。现任菲律宾华文作家协会、菲律宾中国华东联谊总会、菲律宾宋庆龄基金会等理事。先后任华文学校教职、企业财务部门经理、大学顾问，并曾开办幼教中心。热爱艺文、书画创作，热心佛教、教育、公益活动。已出版微型小说（含闪小说）、诗文集九本，译著七本，曾参与电视连续剧《包青天》菲律宾语翻译。

饿鬼

贪念生　妒心起
欲望之门被打开

无底洞的肠胃
自此，填不满

人

在秤间，衡量
在线段的中央
决定正负

左右上下

都是方向

诗歌赏析

《饿鬼》这首小诗题目源于佛教中所讲“十法界”之一的“饿鬼道”，诗人用简洁的语句生动地将肚大脖细、贪欲无尽的“饿鬼”形象准确地描述了出来。“贪念”“妒心”“欲望”同“无底洞的肠胃”和“填不满”相互呼应，在描述“饿鬼”形象的同时，巧妙地讽刺了满是贪欲和欲望的人们。

《人》这首小诗在“十法界”系列中更加体现了佛教文化的奥义。在佛教文化的“十法界”中，“人”是处于“轮回”中间的较平凡的一层境界，无功亦无过。诗人用“秤”“衡量”和“中央”来表现“人”在“十法界”中的位置，而最后“都是方向”则点出“人”的选择，这种行为对于“人”在往生后将去往哪一个“法界”至关重要。

林素玲的小诗以“十法界”为题，与佛教文化暗合，在诠释佛教文化中“十法界”的同时，表达了自身对于平和、淡然心境的追求，以及对“佛”文化的崇敬，“十法界”由“地狱”开始，经“饿鬼”“畜生”“人”“阿修罗”“天”“声闻”“缘觉”“菩萨”最终走向“佛”，诗人在小诗中劝人为善，戒骄戒躁，同时告诉人们，“佛”并不遥远，从善弃恶，以平和淡然的心境“坐看云起”，便是人人为“佛”了。

（于　悦）

椰　子

椰子，本名陈嘉奖。1969年出生在福建一个依山傍海的村庄。大学毕业于新闻系，曾任职省级日报社，从事新闻工作。三十岁时移居菲律宾，从穿街走巷的推销员做起，步入竞争激烈的建筑材料批发行业。十年前开始涉足诗歌长河，沉潜在热爱的事物中。除了远方和诗歌，质朴的木头和铜臭的钢铁，交织在脑海。为诗歌的浪漫和理想，以及为谋生的庸俗和现实的矛盾纠结于一身。现任菲律宾千岛诗社副社长、菲律宾华文作家协会副秘书长。

桥

本无路
岸
各伸
一只手
握住

拉链

分离
拉锯骨肉

回头吧

一吻泯恩仇

诗歌赏析

《桥》《拉链》这两首小诗有一个共同点，题目都是物，但表达的都是情，化抽象为具体，诗人选用的每一个物品都有它的独特之处，巧妙地和诗人抒发的感情融为一体。

《桥》这首诗，诗人的思考角度也特别巧妙。有桥就一定会有岸，岸的两边伸出两只手，互相握住，就有了桥。具体和抽象，无形和有形，浑然一体。把两只手比喻成桥的两边，看似在写桥，其实诗人真正想表达的是两岸互相思念的人，诗人希望自己的思念可以化作无形的桥梁，架起两端的翘首期盼。挥别的是手臂，贴近的是心灵。

《拉链》这首小诗中诗人巧妙地结合了拉链的特征，一拉一回代表着分离和回头。其实是在写亲人或者爱人之间分离的痛苦，"拉锯骨肉"。用"拉锯"二字，既抓住了拉链的特征，又把骨肉分离的痛苦抒发得特别形象，让人感受到了切肤之痛。最后一句"一吻泯恩仇"，把分离之后又重逢的激动喜悦之情都表达了出来，千言万语、喜怒哀乐，在重逢的那一刻，都溢于言表，一个吻，代表了"我"所有的感情。正好应了一句古诗："相逢好似初相识，到老终无怨恨心。"

（张瑞坤）

心　受

心受，本名洪美琴。1973 年出生于菲律宾马尼拉，后移居菲律宾南部，中文教师，大学毕业于怡朗市 University of San Augustin，获商科会计学士学位。作品多为小诗、散文与小说，散见于华文报刊；积极参与文学活动，为东南亚华文诗人笔会理事、菲律宾作家协会南部主任、菲律宾新潮文艺社文艺副刊网络编辑、菲律宾《世界日报》文艺副刊专栏作家。

刹那

天即将要黑了
我匆忙拿出相机
赶在红霞退去前
为你拍了一张照片
没想到这一刻
竟成了永恒

雪人

你在冬天里陪了我一季
我却在心里念了你一辈子

重新再堆积一个吧！他说
我到处寻找去年的雪　可是

怎样也堆积不出去年的模样

诗歌赏析

《刹那》这首诗描写的是诗人在黑夜来临之前，拿出“相机”，留住了“红霞”和“你”。很质朴平淡的描写手法，就像是在写自己的日常，可正是这种简单平淡，才更让人感同身受，我们都曾用相机拍下过自己想要留下的美好，也许拍下的美好现在已不复存在，所以那一刻，“竟成了永恒”。不禁让人想起英国诗人布莱克那句“双手握无限，刹那是永恒”。其实这也蕴含着一种物是人非的感情，诗人应该是在思念着某人，有些事，有些人，过去了，离开了，真就成了一辈子的回忆，成了永恒。

《雪人》中，诗人是在借物抒情。冬天里的雪人只能陪诗人一个季节，可是诗人却想念了它一辈子。诗人想重新再堆一个雪人，到处寻找去年的雪，可是去年的雪怎么可能找到，即便找到了，也堆不出原来的模样。读完整首诗，就能感受到诗人心中的一种说不出的惆怅。诗人仿佛很努力地想抓住什么，也许想念的并不是雪人，而是过去，可能是一个人，也可能是一样东西，但是无论是什么，都再也找不回来。曾经拥有的短暂时光，留下的只有一辈子的回忆。过去的记忆像是倒在掌中的水，无论你是摊开还是紧握，终究还是会从指缝中一滴滴流淌干净。

（张瑞坤）

王仲煌

王仲煌，1973年出生，祖籍福建晋江，童年移居菲律宾马尼拉。1990年起于菲律宾各华文报副刊发表现代诗及散文，2002年起参与专栏写作。曾为《潮流杂志》《菲律宾商报》《菲律宾华报》等副刊撰写专栏，现任千岛诗社副社长、菲华专栏作家协会、亚洲华文作家协会理事。著有诗集《渐变了脸色的梦》、文选《拈花微言》。

无辜

幸福的这刻
想起人世

十字架上
你也想着我们

注：圣诞节偶感。

我的家——听腾格尔的《天堂》

看，苍茫在击鼓

那鹰又起飞了
每一下振翅都向着

天堂

归家

诗歌赏析

《无辜》写在圣诞节之日，在家人团聚、举国欢庆的幸福时刻，作者想到的是不忘历史，学会感恩。耶稣用自己的生命换取世人的幸福，这份伟大贡献是值得历史永远铭记的。感恩与铭记是互相的，“我为人人，人人为我”，我们都应该拥有一颗感恩的心，做善良的人。

《我的家——听腾格尔的〈天堂〉》通过拟人、比喻等手法，表达了作者对自己家、家乡、祖国的深深眷恋之情。恍惚间，竟让人不知是把家当成了天堂，还是将天堂比作了家。

王仲煌的小诗，总是从生活的平淡之处着手，给人“诗酒话人生”之感。其语言优美、想象丰富、意象密集，也许是有感而发，也许只是苦中作乐，但这份敏感的心思、细腻的感情以及温润的笔触，都值得我们学习借鉴。

（吴　悦）

文莱卷

梁友情

梁友情，祖籍福建永春，1939 年出生于文莱市（斯里巴高湾市），热爱文学，尤其偏爱读诗写诗。20 世纪 80 年代末，曾创作少量新诗，后因忙于业务停笔。2001 年重新执笔，2003 年失明，继续创作大量诗篇。写作已成为其生活的一部分，十多年创作逾千首诗歌。著有诗集《放歌行》《心观世界》《缤纷诗歌》。

中国世纪

英国没落　国势式微
美国霸权　见失本色
中国崛起　国威日隆
二十一世纪　看中国世纪
澳门香港回归　台湾终将统一
复兴大中华　实现中国梦

厦门脚印

厦门谈传奇　沧桑说古今
两岸炮声绝响　炮台坚持对峙
一道海峡　两地心情
繁华厦门　魅力都城
归侨游客云集　我是寻根过客

蓬莱去来　赶路留下脚印

诗歌赏析

《中国世纪》通过英美与中国现如今情况的对比，表现出中国的“国威日隆”，表达了诗人对于中国国力日渐强盛的欣喜，对祖国必将统一，以及终将实现“中国梦”的期盼。小诗中最后“复兴大中华”直白地说出了诗人内心深处的愿望，这也是诗人对中国未来的殷殷期盼。

《厦门脚印》通过对“厦门”这个城市历史与现实的描写，以“脚印”表明自己“过客”的身份，并用“脚印”将厦门古今联系起来，过去的“对峙”和现在的“归侨游客”形成对比，体现了两岸关系的缓和。厦门成了“魅力都市”，而“我”却急匆匆地赶路“寻根”，体现出诗人对故乡的渴望，厦门虽美丽，在诗人看来却比不上故乡。

梁友情的小诗极具东方元素，满怀爱国情怀。如《中国世纪》，直白地表达了对中国的赞美及对中国强大的自豪；而《厦门脚印》则体现出诗人对于故乡含蓄而深沉的爱，对于寻根的执着与坚持。梁友情是东方文化传播的使者，他推崇东方文化，以祖国强大为自豪的根本，表达了对祖国的热爱、对根的依恋。

（于　悦）

张银启

张银启，又名荣煦、海庭，祖籍广东揭阳，1940年出生于文莱油城诗里亚，文莱第二代华裔，永久居民。文莱华文作家协会创会秘书，东南亚华文诗人笔会创会理事。著有合集《破雾跫音》(1991)、《汶华荟萃》(1999)、《南方的火花》(2004)、《展翅启飞》(2006)，《海庭短诗集》(中英对照，2009)、《汶华文学》、《痕迹窥探》(2013)等作品。

你把我心抓紧

抓得好疼
抓出滴血　你离去了
处之泰然　没表白
来电训了一顿
一定要找你

小小珠儿　从天而降

留在叶尖　留在花瓣
透明晶莹
叶儿花儿摇摇头　不要走
小小珠儿跳到土里　不见了

诗歌赏析

《你把我心抓紧》写了爱恋中的感觉，并且是还处在暧昧时期的欲拒还迎。人都说，暧昧是恋爱时期最美的阶段，内心小鹿乱撞、此起彼伏、难以名状。你让“我”爱上了你，而你却一笑了之，为此“我”如痴如狂，一定要再找到你，向你表白。这是多么年轻而炽热的爱啊！

《小小珠儿 从天而降》写的是露珠，以拟人化的手法，十分生动形象地表现出露珠俏皮的形态。清晨留在花草之间的露珠，不仅惹人怜爱，还有泡茶等很多功能，只是一不小心就会坠落，融入泥土。全诗音韵齐整，读来朗朗上口，拟人手法的运用让全诗显得清新自然。

张银启是一位饱经风霜、历经岁月积淀的老诗人，什么都经历了，什么都看开了，如此才能以简单轻巧的笔调记录最为沉重的岁月和生活。诗人善于运用象征手法来表现诗中意象，用最简单的事物和文字，来表达丰富内涵和深刻意义。

（吴　悦）

德　安

孙德安，祖籍福建厦门，笔名鹰、哨卒、水上草。1942年出生于文莱。现为文莱作家协会会长，东南亚华文诗人笔会会长，亚洲华文作家协会会长，世界华文作家协会副会长，世界华文微型小说协会副会长，文莱斯市中华总商会文教主任，文莱中华中学校董事副秘书长，《汶华文艺》编辑，诗歌评审。著有《千年一顾》《百年一得》《文莱河上图》等。

眼睛

小小星星
静静默默

阅尽古今风云事
看破天下冷暖情

风

你好顽皮
摇动果树
帮我采下成熟的果子

诗歌赏析

《眼睛》这首小诗传递了眼睛作为记录者的真实与无畏。诗人笔下的眼睛，似星星一般，"静静默默"，未加以其他动态描述，眼睛便浮现于诗间。眼睛所见之处便是真实的，它默默见证了历史的风云际会，世间的人情冷暖，它见事见物，还窥探人心。诗人将浩瀚的历史与复杂的人情纳入眼睛，于小诗体中架入宏大立意，小中见大，使《眼睛》的意蕴更加立体、饱满。

小诗《风》中，诗人与风如同好友般对话、相处，弥散着轻松有趣的意味。风是自然界中的寻常现象，诗人却找到了与风互动的乐趣，亲昵地说风"顽皮"，"摇动果树/帮我采下成熟的果实"。风并未因外界的力量发生改变，而是诗人选取一种轻松愉悦的视角看待风，于是虚无缥缈的风也变得生动起来。

德安善于感知生活，并有所发现。他的小诗立意新颖独特，从细节中取材，构建开阔意境。他与生活互问互答，也与诗歌对话，赋予小诗蓬勃生机。

（孔舒仪）

越南卷

朱祖仁

朱祖仁，1937 年出生于广东丰顺留隍镇。1948 年移居越南槟椥省。先后就读于广东丰顺留隍小学、越南槟椥中华小学、越南滀臻中华学校、堤岸华华中学等。1955 年回国就读于南京市第一中学(高中三年)；1963 年毕业于南京医学院，1972 年移居香港，继而考取香港非联邦医生执照，执业至今。已出版的作品有《医余吟草》、《医余随笔》(散文)、《医余拾贝》(散文诗第一集)、《简明诗词正韵》、《简明词谱手册》(诗词工具书)。

椰树年年翠绿深——湄公河畔的夏晚

湄公河畔的夏晚
蝙蝠翅膀闪出黄昏
蜘蛛网上挂着热闷
一轮满月挂东天
脸蛋对着天空
夜里来一场甜蜜的梦

注：青少年时代，家住越南槟椥湄公河畔。

椰林故居——越南槟椥行

昔日铁石心肠，踏风踩浪，飘然而去

今披万里长风,回到椰林第二故乡
门前的湄公河低问:
尔等何许人也?

侄辈语言的隔阂,说不出心绪在荡漾
只能轻轻掷出一声凝重的叹息

注:1950年离家,2005年携妻、儿、媳春节首次回越南槟椥探亲。

诗歌赏析

《椰树年年翠绿深——湄公河畔的夏晚》对湄公河畔夏季的夜晚做出了十分温柔的描绘,蝙蝠在黄昏下晃动,蛛网上晃动着热气,对黄昏的描述画面感十足,仿佛自己也进入了某个熟悉的夜晚。接着月上东天,诗人看着天空,仿佛又走进了美好恬静的往日时光里,熟悉而有安全感,伴随这一切的美好走进甜蜜的梦中。整首诗表达了诗人对往日故里的思念和深厚的感情。

《椰林故居——越南槟椥行》的第一段,与贺知章的《回乡偶书》有异曲同工之妙,前两句表达出"少小离家老大回,乡音无改鬓毛衰"的久客伤老之情,接着湄公河的低问如同"笑问客从何处来"的悲哀,言下大有我不忘故乡而故乡却已忘我之意。最后一段中与故乡亲友的隔阂也表达了对时间流逝、沧海桑田的无奈。

诗人的语言感情质朴,用词朴实无华却充满生命力量,句句简练,大巧不工。

(王思佳)

陈国正

陈国正，祖籍广东高要，1945 年出生于越南南部西区永隆市，高中时已和文学定情。1966 年曾任《水之湄》《湄风》文刊编辑，个人著作有《秋讯之外》。1999 年任《越华文学艺术》特刊执行编辑直到 2007 年停刊。2000 年主编《越华散文选》，2006 年主编诗集《西贡河上的诗叶》。现任胡志明市华文文学会副会长，《越南华文文学》季刊副主编兼执行编辑。2011 年元旦出版个人诗集《梦的碎片》，2015 年出版诗歌和散文合集《笑向明天》。

镜

只可看到美丽的
外表
总无法照出
经过浓妆艳抹的
心

副本

爱缺氧了
既然又不能充电
就不该甘于爱情
复印副本

诗歌赏析

《镜》从日常生活最普通的照镜子的行为中，得出对社会人生的哲思，将可以被照见的“美丽的外表”和无法被照见的“浓妆艳抹的心”进行对比，形成了一种诗歌技艺上的张力，也生发出了一种思想上的张力。

《副本》要表达的意义似乎比《镜》稍显隐秘，诗里的关键词是“爱”，而关键的话语则是诉说“爱的唯一性”。爱是不可替代的，不可复活的，当然也是不可复制的，因此是尤其珍贵的。如果“爱缺氧了”，它是不能“充电”的，而爱的“复印副本”又如何真正替代我们内心深处的那份唯一的爱呢。

《镜》和《副本》是两首充满哲理韵味的小诗。其中既有对社会与生活深刻的哲学思辨，又有对现实的巧妙讽刺，诗人从生活中的小细节切入，以小见大，来讲自己的感触与思考，更显其诗歌艺术把控上的稳健与深刻。

（任金刚）

燕　子

燕子，本名陈小燕，原籍湖北天门，1949年出生于越南西贡。初中毕业于越南知用学校，曾在报社、旅行社工作，最后应征诗人吴望尧前辈的化工厂，直至1979年，并于同年移居德国至今。

不冷的相思

秋色无意挑拨起
一种被风干的香味
似远还近
扛不起也舍不得放下
又怕那不冷的相思
缠住红叶不放

夏虫之言

虽说夏虫不能言冰
而冰又能否与夏虫畅叙
道尽蕉风椰雨的乐趣

且让冰的孤傲
再吊满来冬的枝丫
独揽太虚于不眠的臂弯

诗歌赏析

《不冷的相思》一诗，以“不冷”来修饰“相思”，这一修饰细细读来，别有深意。秋天最是容易起相思，经历过夏的炙热，秋天的相思恰能更加深入内心。相思缠绵，让人欲罢不能，内心百转千回，却还是不知道该怎么办，心中有万般柔情，却只能寄托于相思，正是燕子所说的“扛不起也舍不得放下”的矛盾心态。秋天最常见的就是红叶，这红叶仿佛过去的岁月流转至今的象征，相思想要留住这不断前进的脚步，但是事实上却是徒劳。相思不冷，因为相思的心永远是深情而炙热的。

《夏虫之言》中巧妙地借用庄子的诗句，以浇灌诗人心中之块垒。“夏虫不能言冰”，因为夏虫的生命实在是太短暂了，根本来不及等到冬天的冰雪降临。无法看到冰仿佛是夏虫生命中的一大遗憾，但是诗人却以辩证的方式指出“而冰又能否与夏虫畅叙”，冰也无法见到夏虫，这岂不是冰的遗憾？夏虫所生活的时光，自有它的无限乐趣，这些乐趣难道冰会知道吗？冰所拥有的也只是孤寂而寒冷的岁月，那么的孤傲，却也只是孤独地在时空中短暂存在。燕子以独特的视角，看到人们通常会忽视的一面，这也是她禅心独到的地方。

燕子的诗充满哲理，对生命中细微事物的关注，使得她的视角与众不同，写出的诗也是句句玄机。生命洪流之中能够做到将自己的身心统一，平衡情感与意念，使得人生旅途在“归一”的状态下前行，是燕子诗中的追求。对世间万物的变幻，燕子秉持的是不强行改变、随时安然的姿态。这种姿态让她的诗也透露出不卑不亢、从容不迫的态度。燕子的姿态也提醒着世人，在这滚滚红尘之中保持一份从容的禅意。

（符丽娟）

石 羚

石羚，本名吴远福，1949 年出生，原籍广东合浦。中学时期开始给各华文报刊文艺版投稿，因战乱，1975 年前发表的作品已“失存”。停笔至 1986 年才重新写作，获解放日报举办的诗歌比赛奖，并连续获得散文、诗歌奖。作品散见于报刊，尚未结集出版。

时间

气喘喘地爬到山顶时
才发觉
自己的青春正走下坡

矛盾

明知人生如朝露
却誓言旦旦
海枯石烂　百年……

诗歌赏析

《时间》表达了爬到山顶的“我”发现青春已然离开的怅然之情。短短三句诗，却表现丰富：一方面用“爬山”来比喻即将远去的青春，既然已经爬到山顶，那么未来的路就只有下坡了；另一方面，诗中有“气喘喘地”这个定语，从侧面表现出了“我”已不再年轻力壮，青春一去不复返。

《矛盾》正如题目所言，运用强烈的对比来表现人生中的矛盾冲突。人生短短几十载，一开一合间，一辈子就过去了；可是每每我们发誓的时候，动不动就海枯石烂，殊不知这一生如何等得到？小诗表现了人生的现实和可笑，但从另一角度，我们或许可以理解为：我们在积极而热烈地生活，把有限的时间投入无限的努力和理想之中。

“石羚”是一种有蹄动物，通常的自卫方式是疯狂地奔跑，不知道作者使用这个笔名有何深意。石羚的小诗都是精短的三句小诗，虽简短却意味深长，充满着辩证的意味。诗人通过写作，反映一些现实哲理问题，常常给人茅塞顿开之感，可见作者对人生有着独特的体会。

（吴　悦）

施汉威

施汉威，1950年出生于越南西贡，籍贯广东鹤山，越南胡志明市师范大学毕业。作品散见于国内外诗刊、网站。现为颍川华文学校资深教员，越南华文文学会《文艺季刊》副主编。

变心

春来
树伸出强健手臂
搂紧鲜花

春去
强劲手臂将残花
摔落泥地

烛

泪，极其夸张
瀑布般从眼眶直流足踝
更蔓延四周
世界
真的令你
如此不堪？

诗歌赏析

《变心》一诗中，诗人捕捉了季节新陈代谢的自然情景，发掘现实生活的哲理。春来，鲜花正盛，树搂紧鲜花，点缀美丽的景色；春去，鲜花衰败，树则将残花摔落在泥地，弃之如敝屣。“落红不是无情物，化作春泥更护花”，花的价值并不仅限于装点树木的外在体现，花谢之后融入泥土给予树木养料是其内涵意义的实现。诗人捕捉了花开花败的不同际遇，延伸至现实世界，人们屈从于当下的满足感，对有实用价值的物品爱护有加，一旦其失去了实用价值便置之不理。诗人告诫年轻人，对人对物不仅要关注其本身的特质和要素，还要透过外在挖掘其本质内涵，着眼于长远视角，最大化其价值。

《烛》一诗中，蜡烛外表极其普通，却为世界烛照光明。可人们在享受光亮的同时，却忽视了蜡烛燃烧自身付出的代价，因而诗人将烛燃烧时滴下的蜡油形容为泪，似乎是烛在默默诉说内心的不甘。诗人以拟人的手法描摹烛的内心波动，直指现实社会中的不正常现象，人们理所应当地享受着现实社会中一切便捷的服务，而并不感恩默默付出者。“世界/真的令你/如此不堪?”这是诗人对烛的反问，同时也是对世界的叩问，人们在享受他人给予的温暖的同时，应当怀有感恩之心，让所有的付出与奉献都不被辜负。

诗人善于捕捉生活中的平凡事件，花与烛的变化只是它们顺其自然地发展与归宿，他以敏感细腻的情感体会平凡背后的意义，以小见大，寄情于小诗。小诗虽寥寥数语，却为读者留下箴言，让人久久回味。

（孔舒仪）

浮　萍

浮萍，原名温汉君，祖籍广西防城港，1953 年生于越南广宁省芒街县马头山脚，现居越南胡志明市。万丰五金机械公司主理人，越南温氏大宗祠理事长，越南湄江吟社社长。

走钢索

走在钢索上的小丑
总要在往生还是找死的
两端之间保持平衡
可无论怎样
还是博得观众
最终的一声惊叹

照镜

还是当年那个样子
只不过是小苹果换成老烂柿
皱纹是过渡刻度的成与败
峻岭都被辛酸刨得秃了半边
还好眼里是一片可扬帆的大海
还有阳光笑容照亮周边

诗歌赏析

《走钢索》描写了那一群以高空挑战为职业的人，或是杂技演员，他们是最懂得平衡的了，一旦失去平衡，失去的就将是他们的生命。所以，“走钢索”，也是走在生死之间。

《照镜》写的是跨年照镜子，岁月荏苒，一晃时间过去，曾经年轻的容颜已然布满了皱纹，曾经棱角分明的脸庞已然干瘪颓老，曾经凌厉的性格脾气，现在也是被世事打磨得圆润了。而唯一不变的，唯一不甘的，是那一双依然炯亮有神的眼，只要眼中还有精神气，人心就不老，人就不老！

浮萍，这个笔名就给人一种漂泊凄凉之感，因此作者的小诗感情基调都比较悲哀。作者应该有着丰富的人生阅历，才能够承载着他这些笔下举重若轻、信手拈来的感慨。

（吴　悦）

陈铭华

陈铭华，祖籍广东番禺，1956 年生于越南嘉定，1979 年定居于美国洛杉矶。洛杉矶州大电机工程系毕业，现为电子工程师。中学时期开始写诗，1990 年 12 月偕诗友创办《新大陆》诗双月刊，兼任主编。著有诗集《河传》《童话世界》《春天的游戏》《天梯》《我的复制品》《防腐剂》等。《春天的游戏》一书曾于 1996 年获台湾“侨联总会”“海外华文著述奖”诗类首奖，2010 年获第 12 届亚细安华文文学奖，2017 年获韩国亚洲诗人奖。

羡鱼记

我的狗每天清晨都趴在池边观鱼
我喂鱼时它总不忘问取一把“鱼食”
我的小女儿担心它迟早都会变成鱼
我恍然大悟这正是狗的意思

酒泉夜雪

果然
我们的火车赶不上
霍大将军的快马
抵站时雪落
酒已成泉

诗歌赏析

《羡鱼记》这首四句小诗，为我们讲述了这样一个小故事："我"养的一只狗每天清晨都会在池边观赏鱼儿，而"我"喂鱼时，它总会偷吃鱼食，"我"的小女儿担心它迟早会变成一条鱼，"我"恍然大悟原来这正是狗的真实想法。这个故事简单而生动有趣，"我"既非"狗"，本不可能揣度出"狗"的想法。正如惠子对庄子所言，"子非鱼，安知鱼之乐?"可是小女儿的一句话却让"我"恍然大悟，这只狗原来是想变成一条有人喂养、自由自在的鱼儿。或许这也可以用庄子的话来回答："子非我，安知我不知鱼之乐?"异类之间本是无法互通的，鱼有鱼的欢，狗有狗的乐，人有人的思。可是我们毕竟不是"狗"，谁又敢轻易断言这不是狗的想法呢？这首小诗整体来说生动有趣，充满哲理色彩。

《酒泉夜雪》这首小诗共五句一节，主要讲述了"我"乘火车抵达酒泉时的夜晚，雪花刚好飘然降落，不禁使"我"联想到关于"酒泉"——这个富有诗意的地名的由来。这源于一个优美的传说。西汉时，骠骑大将军霍去病大败匈奴，汉武帝赐酒犒劳。可将军以为功在全军，但酒少人多不足分配，于是便倾酒入泉，与众将士取而共饮，酒泉因而得名。时过境迁，如今"我"乘火车踏足酒泉，却依旧赶不上"霍大将军的快马"，赶不上这历史的车轮。诗中充满了"我"对霍大将军的敬仰之情。

陈铭华的小诗语句精炼且富有哲理，不拘泥于诗歌的形式，更多的还是关注小诗所传达出的情感和哲理。诗人善于运用中国历史传说，可见其富有深厚的中国文化底蕴。

（刘世琴）

冬　梦

冬梦，原名马炳威，祖籍广东中山，1957 年出生于越南。寻声诗社社长、寻声诗社网站站长。世界华人文化研究会常务副会长兼联络部部长、新加坡新世纪文艺越南编务顾问、美国新大陆诗刊名誉编委。作品入选越南《越华现代诗抄》《越华散文选》《越华采文集》《香港近五十年新诗创作选》。著有《墙声》《十根手指咬出一种痛》《岸不回头》《冬梦短诗选》，2014 年获印度尼西亚第 14 届亚细安华文文艺营文学奖。

黄山迎客松

风欢欢喜喜带我上山
云开开心心
迎接我

夏天犹未开始
松却以不耐烦的绿
一头栽进我的诗

十字路口

寸步难行，未见
我的柳暗花明
你的又一村呢

老年的心事如云烟
够轻了，风吹
只剩下一片虚无

诗歌赏析

《黄山迎客松》这首小诗共分为两小节，第一节描述了“我”怀着轻松、愉快的心情去爬黄山的情景。诗人写“风欢欢喜喜带我上山/云开开心心/迎接我”，这里使用了拟人的手法，赋予了景物以人的感情，从中可以看出诗人与这美好的景色已经达到物我合一的境界，不是“风”欢喜、“云”开心，而是诗人自己欢喜、开心。小诗第二节描绘了迎客松的“绿”，在这暮春季节，迎客松等不及夏天的到来，愈发绿得苍翠。诗人一句“不耐烦”把这绿写得更显生机，也是对于迎客松的一种拟人的描写手法。最终，这云，这风，这松和这绿意一起栽进了“我”的诗中。诗人以一种清新欢乐的笔调描写了黄山迎客松的绿意，借此抒发了诗人欢快、愉悦的心情。

《十字路口》主要向我们讲述了“我”走到人生的“十字路口”，前方已经山穷水尽，但仍旧没有发现“柳暗花明又一村”，因此只能站在原地徘徊，寸步难行。但到了人生的晚年阶段，很多事情都已经看得很淡、很淡，淡到如云烟般，微风一吹便“只剩下一片虚无”。当人生无路可走之时，内心的焦灼、徘徊、惆怅也变得那么微不足道了。

冬梦的小诗善于记录生活中的所见所闻所感，常常随性而发。其诗思灵动，妙笔生花，在其关照的一山一水、一花一木上都倾注了深情挚爱。诗人的观察富于穿透力，其感悟也独具慧眼。诗人或借景抒情，或托物言志，他的思索是睿智的，通达的。

（刘世琴）

依　雯

依雯，原名李玉珍，祖籍广东南海。作品散见于各地华文报刊、网站，现为东南亚华文诗人笔会会员。

独行

抱着一身疲惫
走向城市的孤岛
拐过寂寞的街灯
很静
影子投落满地蟋蟀
几只是雌？几只是雄？

失味

键盘上飞舞
屏幕跳出字字情怀
十指弹奏高低音韵
实在嚼不出那种味觉
一点，一画，一撇，一捺
托腮寄语那真滋味

诗歌赏析

《独行》抒发了诗人心中的寂寞与孤独。诗人以“城市的孤岛”和“寂寞的街灯”渲染了孤寂的氛围，与“一身的疲惫”融为一体，展现了独行者寂寥萧索的形象。诗人刻画了城市中大多数独行者的形象，反映时下城市生活的实景。城市生活展现了光怪陆离的状态，人们在马不停蹄地探索生机，却往往承受着难言的压力与苦楚，人与人之间的隔膜、人与城市之间的距离，都成为内心的桎梏，构筑起心灵的孤岛。“很静”，寂静的不只是城市，还有踽踽独行路途中荒芜的心。

《失味》是诗人对创作的感悟。诗人在《失味》中描摹创作情景，敲击键盘时清脆的音韵虽动听，但无法表达诗歌的意蕴与情感，唯有透过文字寄寓内心的真情实感。诗人以此指出，文字自由地排列组合形成了动人篇章，对作品的感悟不是流于表面的翻阅，而应细细体会其深层次的内涵和意义，文字是其积淀的载体和寄托，阅读如此，写作亦是如此。《失味》既是诗人的感悟，同时又是对读者的寄语，唯有如此，才能保留文字的真实滋味，体现作品的价值。

依雯的小诗立意于现实生活，诉说个人对生活的感悟，情感真挚。诗人的语言平淡质朴，未以华丽的辞藻加以修饰，无须过多着墨，娓娓道来内心思绪，似与老友絮絮交谈，实现心灵的沟通。

（孔舒仪）

梁心瑜

梁心瑜，祖籍广东新会，1961年生于越南胡志明市，2008年开始学习写作。作品散见于越南《西贡解放日报》《文艺季刊》《越南华文文学季刊》《寻声》，新加坡《新世纪文艺》，“东南亚华文诗人网”，菲律宾《新潮文艺社月刊》。东南亚华文诗人笔会会员、寻声诗社成员。

雾

选择漂泊
惯性来去匆匆
于人冷漠朦胧
远眺近观
你的心事谁人能懂

思念

时间流逝
岁月酝酿
落喉虽苦涩
却难抗拒

诗歌赏析

《雾》以拟人化的形态表现了雾的形态。雾是朦朦胧胧的，是会遮蔽我们双眼的，仿佛又会遮蔽我们的心灵；但如果雾也是一个人的话，那么雾的心思又有谁能够懂，又有谁能够替他遮掩呢？如此巧妙、有趣的拟人，读来让人不得不感叹诗人的奇思。

《思念》通过对时间、岁月的描述，来表现思念的绵长。时间是最好的良药，一切悲伤、思念都会随着时间的流逝而日渐淡薄。所以，通过描写时间、岁月来表现的思念，或许才是最深刻的感情，一种虽苦、虽痛，却仍然难以抗拒、忘怀的感情。

诗人梁心瑜心思细腻、感情充沛、思维独特。其诗歌语言平实，搭配其独特的思维，读来别有一番滋味。对于一些常见事物，也自有与众不同的解释；对于感情的理解则更为深邃，让人难以忘怀。

（吴　悦）

钟　灵

本名谭仲玲，祖籍广东中山。出生于越南西贡，从小爱好文艺创作，现为文具市场推销员，东南亚华文诗人笔会理事，著有诗集《钟灵诗选》。

镜

镜毁灭于从不打诳语
碎裂的水晶
仍固执那每一道皱纹

人生

我在人生词汇里
寻找宽大的“爱”字
却翻出
自私贪婪嫉妒攀比傲慢冷漠
最后找到号啕
禁不住放声了

诗歌赏析

诗人在《镜》中刻画了镜毁灭的荒唐情景。镜子最大的特质在于它的真实，它不加修饰地还原世界的本真面目，却因此遭遇了毁灭，即便如此，也固执地留下了片片“皱纹”。诗人以此象征现实生活中的奇怪情景，人们善于伪装自己的真实想法，披上自我保护的外衣，以或真或假的暧昧状态游走于社会中，营造其乐融融的和谐现象。诗人在《镜》中指出，人们应当以正确的视角看待自我与社会，正视自我内心，真诚待人，即便不尽完美，也是最舒适的人生状态，展现最纯粹、珍贵的特质。

《人生》刻画了诗人在人生经历中的感受与体会。诗人在人生的字典里寻找“爱”，却翻出“自私、贪婪、嫉妒、攀比、傲慢、冷漠”，终于在遇见“号啕”时放声大哭。人生由各种情绪拼凑而成，积极的与负面的情绪构成了人生的全部，只有一一体会才能明白人生的真谛。在人生的字典里固然有许多悲观的情绪，但是“爱”是包容一切的基础。现代生活中，人们何尝不是负重前行，措手不及地面对形形色色的人和事，若一味被悲观情绪支配，则无法体会人生真正的乐趣。因此，我们应当在生活中发现“爱”，创造“爱”，丰富人生的字典，为生活增添色彩。

钟灵的小诗创作视角开阔，捕捉真实的镜子与人生的复杂滋味，从生活的方方面面感悟哲理情思。诗人抒发个人对生活的感悟，同时描绘现实世界中人的生命状态，于微言中体会大意。

（孔舒仪）

余问耕

余问耕，原名周智勤，1963年出生于越南堤岸。祖籍广东东莞，寻声诗社秘书、寻声网站副站长。香港世界华文文学家协会永久会员。作品入选越南《越华现代诗抄》《越华采文集》《诗的盛宴》、中国《2002年诗选集》《2003诗选集》，个人著有诗集《越诗汉译》。亚细安华文文艺营越南代表团秘书长，2012年获马来西亚第13届亚细安华文文学奖。

生

只有终站
没有回程
路
在喜怒哀乐
酸甜苦辣中
一秒一分走过

死

路到尽头
回望不如遗忘
曾经奋斗争取
问你可曾着力
遗留点点滴滴

诗歌赏析

《生》是一首六句小诗，诗意明朗，从题目就可以看出诗人的用意。在诗人的认知中，生只有终点，没有回程。生活里充满了喜怒哀乐和酸甜苦辣，时间就是这样慢慢流逝的。可以说，诗人对生的把握是比较到位的。从呱呱坠地开始，人算是正式出生了，来到了人世间，一直到死亡，其间经历了无数的事。

《死》是一首五句小诗。死与生相对，死意味着路到了尽头，回忆过往的点点滴滴，是否努力，是否留下遗憾？死意味着生命的终结，有的人死得其所，而有的人却遭人唾弃，所以活着的时候要做一个对社会有用的人，死后方能流芳百世。

余问耕的这两首小诗都紧紧围绕人生来展开，充满哲理色彩，可见诗人对人生、梦、生与死都有独到的领悟。诗人将自己对人生的感悟融于诗中，比较有说服力。每一首诗都扣人心弦，触动着读者的心。

（李笑寒）

叶华兴

叶华兴，1978年出生于越南胡志明市。祖籍中国广西防城港。对诗有梦想、有热情。作品多发表于寻声网站、当地报纸以及新加坡文艺刊物。是寻声诗社一颗颇受瞩目的新星，个人作品仍未结集出版。

草绳与螃蟹

当草绳捆扎螃蟹
放上天秤
同等价值同等重量
草绳如被扔下地
只是不值半文钱的
一根草绳

花香

花的美
美在外形的风姿绰约
花的香
香在醉人的目眩神迷
我的心连同春天
一起灿烂一起盛放

诗歌赏析

诗人在《草绳与螃蟹》中叙述了草绳价值的变化。草绳绑着螃蟹时，它与螃蟹同等重量、同等价值，原因在于此时的草绳还有用处，比如固定乱动的螃蟹，为商家多争取利益……而当螃蟹售出或煮食，草绳没有了用处，价值也随之消失。对于这根草绳而言，其本身并不存在价值，它的价值或用处是被他人所赋予的，外界力量主导下的短暂作用，而弃之如敝屣则成为它常见的最终归宿。草绳固然无法决定个人命运，但现实中的人是否也只能如草绳一般被外界主宰？诗人也在告诫人们，人们无法决定自己的出身，即使大多数人也都如草绳一般普通且平凡无奇，但我们可以选择人生的方向，寻找适合个人发展的方向，把握身边的机遇，为自我的人生掌舵，实现人生价值。

《花香》描摹了一片灿烂的春景。诗人以凝练的语言描绘了花的香与美，陈述了自我对花最直观的感受，也呈现了春天原生态的美。“我的心连同春天/一起灿烂一起盛放”，诗人毫不掩饰自己的雀跃之心，诉说对春的喜爱与赞美。短短数行文字体现诗人十分热爱生活，他善于发现春天的美景与花的娇态，全身心地融入春景带给他的快乐，他以文字的力量感染人们，要做一个发现美并热爱生活的人。生活从来不缺乏美丽的事物，关键在于我们是否用心留意，捕捉其中的美好。

无论是对草绳的评判，还是对春景的赞美，都不难看出诗人十分善于观察生活，于细节处体会人生哲理。诗人未过多着墨，时而平淡时而简单地叙述现实，呈现最直观的内心感受。

（孔舒仪）

林晓东

林晓东，本名林大富，笔名林晓东、林小东，1980年出生于越南胡志明市，祖籍福建同安，胡志明市师范大学毕业。著有诗集《西贡情侣》《缘分的渡口》《和平鸽的苦恼》《冰泪》《那双眼睛》，散文集《念念不忘是那风筝》。世界华文文学家协会永久会员、东南亚华文诗人笔会常务理事、东南亚华文诗人网主编、越南华文《西贡解放日报》执行编辑、越南胡志明市华文文学会《文艺季刊》执行编辑、越南福建温陵会馆理事。

耕牛

扛一辈子苦
有没有尝过一粒米香的
甜

踏过深深浅浅田地
耕出商人脸上
眉开眼笑

成长楼房

我家的楼房
低低小小的时候
爸爸还年轻

现在
楼房长高
爸爸却老了

诗歌赏析

《耕牛》共分两小节，运用象征手法，耕牛象征着勤劳、踏实的农民，一辈子都面朝黄土、背朝天地在庄稼地里操持，粮食由他们生产，而他们却不一定能吃上自己种出来的好粮食。为什么呢？因为利益都被商人赚取了。就像挑山工每天往返在泰山、黄山的步道，却没有一刻真正在欣赏风景。商人微笑堆积的脸，就如耕犁的土地，真是讽刺至极。

《成长楼房》写了一组对比，分为两小节。第一小节写了低矮的楼房，恰是爸爸年轻的时候；第二小节写了楼房变高大了，“爸爸却老了”。读来有点心酸，可这就是成长，这就是生活，这就是爸爸充实、自豪的一辈子。无情的岁月，让爸爸从年轻到年老，奋斗一生的爸爸把楼房从低小变成了高大，成长的楼房也是成长的爸爸的写照。

林晓东的小诗读起来给人简单、自然之感，诗人对比喻、对比、讽刺、象征等手法的使用很得心应手。通过这些表现手法来表现诗歌，不仅体现形式之美，而且诗歌的内涵意义更深刻。

（吴　悦）

曾广健

曾广健，笔名仁建、宏源。生于1981年，越籍华人，祖籍广东清远。现为胡志明市华文西贡解放日报记者、文艺版责编、共青团书记、青少年文友俱乐部主任、胡志明市华文文学会执委、《越南华文文学》季刊编委等。出版的作品有新诗集《美的岁月》(2011)、诗文集《青春起点》(2014)。荣获“南部东区优秀青年”，连续3届获得“胡志明市优秀华表”称号等。

妈妈的春天

夏天受尽炎热的煎熬
还有风凉的秋语渗心凄凄
寒风严厉把泪水凝成冰

子女们欢声笑语的
沁人心脾
妈妈看到了春天

位置

为了追摘他人的梦
把面皮剖下
垫高自己的位置

与别人
并肩同行

诗歌赏析

《妈妈的春天》共六句，分为两小节，是一首蕴含哲理的小诗。第一小节分别说了夏天的炎热、秋天的凉和冬天的寒风，这些都与春天的温暖形成鲜明的对比，突出了春天的美好。第一小节是纯粹的铺垫，从而更好地引出春天。第二节中提及的春天并不是指季节，而是说子女们的欢声笑语温暖了妈妈，这种幸福感对妈妈来说就是春天。作为母亲，最牵挂的还是子女，希望子女们开心幸福，总是无私地为子女付出自己的一切。作为子女，也应该善待和孝顺自己的母亲，让母亲活在春天里。

《位置》共五句，分为两小节，是一首充满人生哲理的小诗。为了能和别人一样，暂时把面皮剖下，做好隐忍的准备，默默付出，最终和别人并肩同行，达到了同样的位置。有时，为了成功可以不要面子，用暂时的退让换取胜利的果实。当今社会越来越多的人追逐名利和所谓的位置，可以理解为人们有一颗追求上进的心。但追求的过程必须是纯粹的，经得起阳光的曝晒。

曾广健作为80后诗人，充满才情，他的小诗很有韵味。他笔下的这几首小诗都充满哲理气息，或托物言志，或直抒胸臆，总之，字里行间渗透了诗人独特的情感。

（李笑寒）

李伟贤

李伟贤，祖籍广东东莞，1981年生于越南胡志明市。胡志明市师范大学中文系学士，曾任越南西贡解放日报经济采访部主任记者。2003年获得读者文摘第一届全球读者征文比赛十大优异作品奖，著有诗集《燃烧岁月》《雨一直下》，散文集《屋梁》。寻声诗社文字编辑，2016年获菲律宾第15届亚细安华文文艺营文学奖。

垂钓

不等伯乐
更不问
封神榜里
有没有我一席位置

只愿那失落的青春
能钓回来

迷宫

红尘万千
唯独此生难逃
捕捉痴心百颗
竟无一属于我

紧紧地抓住了
轻轻地又放了

诗歌赏析

诗人在《垂钓》中感慨青春流逝的失落与无奈。诗人垂钓“不等”“不问”，可见其并非是表达欲望诉求，不需要伯乐为其指点前程，不关心自己是否能够功成名就，诗人的垂钓已然超脱物质之外，直抵精神慰藉。这首诗是诗人对青春的怀念，他并不渴求现实生活的物质力量，而期待重回曾经的青春岁月，以抚慰心灵。然而，时间的流逝是一次没有拐点的路程，诗人渴望钓回青春的愿望终究只能落空，徒留无奈之情弥漫在诗中。

《迷宫》是诗人对内心体验的感悟。诗人所入“迷宫”，是内心迷失于红尘的怅然，纵然捕捉了百颗痴心却并不属于自己，在抓与放之间陷入挣扎、两难的境地。诗人固然需要痴心抚慰心灵、填补内心，渴望紧紧抓住这一颗痴心，但倘若求而不得，内心则会痛苦不安，不知不觉中走入心的迷宫，长此以往无异于作茧自缚。“轻轻地又放了”诚然也是一种解脱，诗人不必再禁锢于迷宫中苦苦挣扎，为不属于自己的痴心纠结痛苦，放手也是对自我心灵的净化。诗人也在告诫人们，不必拘泥于生活中不属于自己的事物，与其纠缠挣扎，不如放手追求海阔天空的心境。

李伟贤的小诗以记录寻常往事为长，取材于生活，并将诗交还于生活，抽丝剥茧般地呈现个人的内心体验。从他的诗中，读者可细细品味其百转千回的心路历程，回归自身，烛照内心世界。

（孔舒仪）

小　寒

小寒，原名汤惠茹。祖籍广东花县（今花都区），1985年出生于越南平阳省。寻声诗社社员、网站图片编辑、越南胡志明市华文文学会会员、东南亚华文诗人笔会会员。个人作品尚未结集出版。

诗人空间

我向天空借了一支笔
为你画上
星星月亮太阳

你一抬头就看到了
还有啊
我写给你的诗

爱的印记

你离开那天
爱随着泪珠
印在日记里
岁月翻飞　泪已风干
而爱仍深深地烙在
某年某月某页

诗歌赏析

《诗人空间》共有两小节，在作者笔下，诗人的空间无边无垠，天空、星月、太阳……只要你想象得到，在你笔下、在你诗中，一切皆有可能。在这首诗中，作者给了我们一个无限的空间，更给了我们一种恢宏的气势，作为文人墨客的大气磅礴。

《爱的印记》讲述了一个悲伤的爱情故事：离别，必定伴随着泪珠；时过境迁后，泪已风干，爱却不变、不忘、不散，镌刻着烙印着的何止是“某年某月某页”，更是在某人某心吧。小诗表现了诗人强烈的感情，以及深爱却要离别的痛心、不舍之感。

作者笔名“小寒”，文如其名，在淡淡的忧伤中，存留一丝阳光和希望。诗人想象力丰富，感情充沛而细腻，善于观察和发现，也擅长见微知著，在平淡的生活中提炼出暖心的文字和感情。诗人常使用反复、拟人、夸张等较能表现情感的手法，来抒发胸臆，亦使诗歌读来朗朗上口。

（吴　悦）

缅甸卷

许均铨

许均铨，1952年生于缅甸仰光市，祖籍广东台山。著有《澳门许均铨微型小说选》、小小说集《一份公证书》、微型小说集《西蒙的故事》《浪漫禁区的情愫》，主编《亚细安现代华文文学作品选·缅甸卷》《缅华文学作品选》《缅华笔会会员诗书画作品集》，合编《缅甸佛国之旅》《归侨在澳门》《缅甸华文文学作品选》，编辑《缅华散文选》《缅华诗韵》等。《驿站的岁月》获"第八届澳门文学奖"散文优秀奖，2016年获亚细安华文文学奖。

仰光唐人村

寻觅　半世纪前的
小桥　流水　南洋高脚屋
碧绿的空心菜园
白天的鹭鸶　夜间的飞萤
那片可爱的湿地
全消失在　一片住宅区中

仰光莱江

去莱江畔　垂钓
是少年时代的首次远足
让人望而生畏的江水

波涛汹涌　历历在目
莱河　我第二故乡的大江
见到您　了却数十载的乡愁

诗歌赏析

《仰光唐人村》描绘出了诗人印象中的半世纪以前的唐人村的景象。那是一片具有南洋特色的建筑，伴随着小桥流水，十分惬意。这里有种植着碧绿的空心菜的田园、白日里出现的鹭鸶、夜间的萤火虫，是诗人心中最美的一片净土。而在半个世纪后的今天，诗人重回故地，却发现最美的那片土地已然消失了，表现出诗人的怅然和失落之情。时光流逝，万物巨变，诗人永远回不到那片最初的园地中去了。

《仰光莱江》中，诗人回忆起第一次少年远足的场景，这是他第一次遇见莱江。莱江水波涛汹涌令人生畏，但是诗人的乡愁也像这江水绵绵不绝，整首诗感情真挚地表达了诗人身在异乡孤独、寂寞的感情，更表现出诗人对于故乡的思念之情。

（王　璐）

王子瑜

王子瑜，汉族，缅籍华裔。1973年出生于缅甸掸邦北部。2006年在新浪开设《紫雨词话》个人文学博客，主要作品有诗、杂文、时评、微小说等，著有长篇纪实小说《掸邦女儿国》。2013年加入缅甸五边形诗社，成员名“广角”。出版有诗集《时间的重量》。原创音乐作品有《烟农的儿子》《我爱你果敢》等地方题材歌曲。

卖面子

都说这是一个看脸的时代
谁有颜值
谁就有价值

但从古至今
无论是东方集市还是西方商场
唯权力和财富甩卖出来的面子
才畅销

语言是怎样被污染的

专攻诗词美学的学生问老师
“互联网是厕所坑吗？
“为什么从里面冒出来的文字都带着恶臭？”

老师说:“不是,但是只有这样,才能迎合广大网民的口味”

诗歌赏析

这两首小诗均是诗人根据时下发生过的时事抒发言论的作品。《卖面子》中第一小节提出了“颜值即价值”这个符合时代潮流的观点,好看的人总能获得比普通民众更多的机会和价值,但是在第二小节中转而提出了财富和权力更有面子的论点,从古至今无论东方西方皆是如此。诗人在短短几句诗中,讽刺了人的社会地位是由权力和金钱堆积起来的这一现象。金钱这一主题始终贯穿在我国乃至世界的文学、音乐等艺术领域的创作中。

科技的不断进步使世界各国普遍进入了多媒体时代,网络新传播媒介的出现,造就了一批为迎合大众口味而创作的恶俗的网络文学作品。《语言是怎样被污染的》一诗中,将诗词美学和互联网的文字做对比,把互联网比作“厕所坑”,指责文字都带着“恶臭”,批判了社会利益诱惑下一批不顾传统作家道德和原则的网络文学作家的创作,具有很强的讽刺性。

(王　璐)

谷　奇

谷奇，原名谷从赟，缅甸第三代华人，业余写作爱好者，缅甸古韵新声诗社成员，1978年出生于缅北小镇南坎，初中毕业于当地华人学校，移居仰光就读于仰光大学（缅文），后从商。作品散见于报刊，入选中国西南当代作家《国际华人选辑》和缅甸文学作品选等。

云

（一）

“我想落地看看
“哪怕摔坏身躯”
云想

云
碎了
亲吻一地的草

（二）

一片云
落下

东山的田肥了
西边的屋子漂走了

一只白狐在山顶
看见

八月

七月带走满塘夏荷
思念困住了雨水

为你种的桂花
应该在立秋后飘香
我在桥这边等你
七夕在八月

诗歌赏析

《云》(1)中，作者将云拟人化，讲述了云哪怕粉身碎骨也要去地上的决心。第二小节中描述了云落到地上的样子，“亲吻”一词带着温情，在粉身碎骨的悲剧背景下让人感到淡淡的惆怅。《云》(2)中，则是描述了云聚集起来化成雨时对土地的影响，运用了两个方位词“东”和“西”，下雨使东山的田更加肥沃，但是过多的雨水也造成了自然灾害，影响人们的正常生活。作者以“云”为切入口，简述了他看到的自然世界，而第二小节中将讲述的视角转向山顶的一只白狐，动静结合，给整首诗带来不一样的味道。

《八月》在第一小节中通过描写七月盛夏的景色，借“满塘夏荷”和“雨水”，表达了“我”对恋人的思念。第二小节中则是继续生发“我”的感情，通过描写初秋的桂花和桥的意象，抒发了“我”殷殷期盼和焦急等待的心情。最后一句“七夕在八月”点明了整首诗的主旨，七夕是古代神话传说中牛郎织女鹊桥相会的日子，暗喻“我”和恋人时隔多日再相聚。全诗以一种委婉、含蓄的语调来抒发“我”对于时间缓慢流逝的焦急，以及对恋人的深深爱恋。

（王　璐）

蓝　翔

蓝翔，本名朱添来。祖籍广东台山，1982年出生于缅甸密支那市。现为缅甸汉语教师、东南亚华文诗人笔会会员、缅华笔会副理事长、菲律宾新潮文艺社海外社员、越南寻声诗社文字编辑，作品散见于缅甸《金凤凰》周刊、泰国《世界日报》、菲律宾《世界日报》和东南亚华文诗人网。

秋夜　醉了

醉了
啤酒瓶
倒在桌底

麻醉了思念
治疗了伤痛
秋夜　醉了

秋雨

一丝丝寒意，随着
一场场秋雨落下
冷风乱窜
秋雨冷
孤单更冷

诗歌赏析

《秋夜醉了》小诗中，以如醉的秋夜入诗，将心中的愁绪化作酒，灌入愁肠，这酒也是好酒，将愁绪麻醉，再也无法折磨诗人的内心。秋夜是最易伤感的夜晚，更何况，本身就是满怀愁绪之人，这秋夜就更是加深愁绪的夜了。如此忧愁的夜，唯有美酒相陪才相称，但是在诗人这里，喝酒却成了买醉的方式，因为唯有喝醉，才会让诗人暂时忘却思念之苦，忘记那些悲伤的情节。这秋夜仿佛也被诗人的愁绪给灌醉了，这醉了的秋夜，或许暂时可以缓解诗人内心的伤痛。诗人以拟人的手法将秋夜写“醉”，其实是借这夜色来让自己彻底逃避一切的痛苦。

《秋雨》中，已经深秋的季节，偏偏又开始下起雨，这雨带着丝丝的寒意，浸透诗人的内心，让诗人的孤独更深刻。“秋风秋雨愁煞人”，这深秋的细雨，没有来由，但是总让人觉得十分的冷寂。这秋雨如果是伴着诗人的孤独而来，那就不是简单的秋雨，而是诗人心中无限的愁思从天而降，无法诉说的愁绪将诗人紧紧裹住，如同这雨，绵绵密密，没有一处不被渗透。

蓝翔的小诗将中国古典诗歌“秋”和“雨”的意象运用其中，使得诗歌中含有中国古典诗歌的美感。诗人将绵绵的愁绪融入现代的表述之中，现代的啤酒瓶滚到诗人的窗下，但是，诗人的秋愁却如从古典诗歌中蔓延出来一般，直抵人心。

（符丽娟）

王崇喜

王崇喜，缅甸华人，笔名号角。喜爱现代诗、书法、绘画。2005年，留学中国台湾。2012年与缅华文友张祖陞、段春青、黄德明创立五边形诗社。2015年3月，与五边形诗社成员首次于缅甸仰光承办“第八届东南亚华文诗人大会”。

个人作品曾先后发表于中国大陆的《诗歌月刊》和《零度诗刊》，中国香港的《散文诗世界》，新加坡的《新世纪文艺》和《锡山文艺》，印尼的《东盟文艺》，泰国的《桐诗文学季刊》《湄南河诗刊》《新中原报》，菲律宾的《世界日报》，缅甸的《缅华诗韵》《缅华文学作品选》《金凤凰报》，中国台湾的《野将花诗集》《乾坤》诗刊等多种文学报刊。2015年出版诗集《原上》。

从我的夜，眺望你的黎明

脚，踮到了风口浪尖
只为那枯萎的花园
摘一朵写意的流云

云外，巫女背来了一袋雨雾
于是我只能从我的夜
眺望你的黎明

黑夜和光明

黑夜回避了所有的褒贬
给了影子一个住所
也给了我床

光明的世界啊!
我能从你伟大的口袋里
打捞我的繁星吗?

诗歌赏析

《从我的夜,眺望你的黎明》描绘了"枯萎的花园""写意的流云"等意象,表现出诗人暗淡和孤寂的内心世界。"雨雾"和"我的夜"更是加深了这种感情,"你的黎明"代表着一种希望和光亮,"我"在漫漫长夜中努力眺望,希望有一天能够到达那个地方。

《黑夜和光明》中的"黑夜"代表着诗人内心的世界,它给予影子一个住所,也使我无处安放的内心有了安居的地方。所以这里的"黑夜"不是一个贬义词,而是灵魂安放处。但是在光明面前,仍旧需要闪亮的东西,"繁星"可以比喻为信念或者理想,诗人在"黑夜"中安放灵魂,用诗歌和理想点缀人生。整首诗意蕴深远,回味悠长。

(王　璐)

黄德明

黄德明，笔名奇角，五边形诗社成员。1986年出生于缅甸腊戍，缅北腊戍果文中学高中毕业。现居美国。

错别字

这个世界特别的美丽
有没有看到
这句话里我是个错别字
躲在美丽的世界
不敢开口

窗里

屋外有树
收起了它怕冷的叶子
你说你很温暖
我就温暖了
树的外面
有一座屋子想着树

诗歌赏析

《错别字》中将“我”比作一个错别字，赞美了世界的美好。诗人指出虽然“我”与众不同，但是我还想留在这个世界中。小诗很短，只有五句，但是充分表现出诗人的拳拳赤子之心。

《窗里》这首诗描述了屋外的一棵树，因为寒冷而掉光了树叶。小诗中将小屋拟人化，他想着树“你说你很温暖/我就温暖了”，这表现出物与景的和谐统一，更是人与自然和谐发展。诗人用童话般的语调创作诗篇，带着梦幻的色彩，给人以充分联想，充满温情。

（王　璐）

柬埔寨卷

郭亨青

郭亨青，又名三丹，广东省潮汕人。1937年出生于柬埔寨，1952年至1954年初中就读于金边端华学校。1955年3月回中国。先后在南京金陵中学、天津工商学院附中及天津师范学院数学专科学习。曾任天津某中学、天津河西教师进修学院数学教师。1974年3月回柬埔寨途中滞留中国香港，并成为香港永久居民。在港期间，在香港远东裁剪学校修读纸样设计，供职于香港管理专业协会人事科。系香港风雅颂诗词学会理事及《夏声拾韵》副主编。现为柬埔寨华侨华人香港联谊会会员、香港端华校友会名誉顾问。

湄公河水

趁夜色恍惚
带着一缕月光
在去南海的路上
两岸猿声微弱
内心叹息乡愁
只留下世事的沧桑

过岸桃花

远离了那随波逐流的小舟
再登上你为我编织的扁舟

满怀信心激流再上
寻找那我曾为伊
辗转反侧笑尽春风的
——过岸桃花

诗歌赏析

《湄公河水》这首小诗表达了对背井离乡的无奈与叹息，“带着”“月光”既交代了诗人远行的时间，又暗喻着诗人将故乡的月光记在心上，暗示了诗人即将离开故乡，体现出诗人对故乡的依恋。紧接着，诗人将自己的经历与李白的经历结合，将李白诗中“两岸猿声”放在自己去南海的路上，直抒自己内心的“乡愁”，表达出对世事沧桑的叹息。

《过岸桃花》通过“寻找”“过岸桃花”表达了对美好生活的追求与向往，以及对随波逐流的厌弃。诗人在小诗中用“远离”“随波逐流的小舟”表达了自己不愿随波逐流的气节，同时“随波逐流”和“激流再上”形成对比，体现诗人敢于搏击风雨去寻找自己向往的生活。

郭亨青的小诗唯美、浪漫，又不乏搏击人生的气节与勇气，有的如《湄公河水》一样，属于悼怀，悼念故去的友人、怀念远离的故乡，抒发心底的乡愁，在这些小诗中，郭亨青笔下的景象唯美又带有一丝的感伤；有的如《过岸桃花》，是诗人借景物表达自己内心的追求。表达自己宁愿孤独，也不愿随波逐流，为了心中的“桃花源”，他也可以搏击风浪，去寻找心中的美丽。

（于　悦）

钟瑞云

钟瑞云，广东梅州人，1947年出生于柬埔寨贡吥省，1964年于柬埔寨金边市端华中学专修，(高中)毕业后到中国广州市求学，先就读于华侨补校，后转入南京上学。1970年赴香港，在裕华国货公司工作，1976年移居巴黎至今。

闲言杂语

泛棹不闻欸乃声，
只听禁苑乌鸟归。
飓雨漫天唯伤莛，
珍重惜我者为谁？
老去思巢今何在，
秃丫仍可植新闺！

悼慈父

天人隔阂锥心泣，
生时音容永仰宸。
魂若有知来相会，
烟香袅袅通鬼神。
坟前思宲泪愁苦，
追忆慈父销魄尘！

诗歌赏析

《闲言杂语》以“不闻”和“只听”形成了鲜明的对比，将“闲言杂语”比喻成树梢之间聒噪的“乌鸟”声，同时又将“闲言杂语”形成的影响比喻成“飓雨漫天”，抨击了闲言碎语的恶劣影响及对人的伤害。在诗末诗人表达了希望能够远离这些闲言杂语的愿望，以及希望闲言杂语能够渐消的期盼。

《悼慈父》这首小诗围绕着“悼”这一词，表达了诗人对父亲已逝的悲伤及对父亲的思念。“锥心泣”和“泪愁苦”体现了诗人对于父亲逝去的伤感，“生时音容”“来相会”则通过回忆父亲的音容，希望能够在梦中见到父亲，体现了诗人对父亲的思念，凸显出“悼”这一主旨。

钟瑞云的小诗大都句式公整，在诗意的句子背后是一颗飘荡在外的渴望团聚、怀念故乡的游子心，如《悼慈父》体现了诗人对家人、对故乡的期盼与向往以及诗人内心的孤寂之情。而《闲言杂语》则从现实的闲言杂语入手，表达了对这种闲言的厌恶，以及对远离这种闲言的希望。无论是思乡还是叙事，钟瑞云总以他的小诗，带给我们平静乃至淡淡哀伤的感受，并由此引领我们走进他的诗词世界。

（于　悦）

郭 庆

郭庆，字秀光，常用笔名翁明、半空和尚。汉族，1948 年生于柬埔寨金边市，曾执教鞭及从事中柬语翻译工作，20 世纪 70 年代生活于柬埔寨广袤的农村中，1981 年定居法国。爱好诗词、楹联、戏剧、歌曲和旅游，曾主持欧洲时报合唱团多年，现为欧洲龙吟诗社副社长，诗作详见于中国香港《近四百年五百家诗选》《夏声拾韵》、巴黎《龙吟诗词》等诗集。回忆录《我和柬埔寨西北华侨工作纵队》《半个菜农到一校之长》《难忘的岁月》《再逃难黄金易货避居越南》《偷渡》等著作已由中国华侨历史博物馆收藏。

老来乐

不再是十八二十二，
不再是青春热血，
依然精神旺盛，
活得多姿多彩，
合唱团如雨后春笋，
街头舞更遍地开花。

忏悔

果断地决定，
坚决地离开，

壮志凌云，
要干一番惊天动地的大事，
满腔热血，
换来了家破人亡……

诗歌赏析

《老来乐》是一首书写老年人生活情状的诗。虽说老年人已不再年轻，但他们精神旺盛，生活过得多姿多彩。老年人经常以合唱团和街头舞的方式自娱自乐，别有一番滋味。人活在世上，就要学会安慰自己，鼓舞自己，拥有一个乐观的心态，将生活过得五彩缤纷。人可以老，但心态要年轻。

《忏悔》是一首充满悔恨意识的诗。本来是要做一件惊天动地的大事，可结果呢，却换来了家破人亡。理想和现实是两个极端，有着让人意想不到的差距。理想很丰满，现实很骨感。为了离理想越来越近，还是应该脚踏实地，一步一个脚印向前走，不要执迷于速度。

郭庆的小诗多是对生活的感悟，他从生活出发，仔细观察生活，品味生活，用文学之笔加以润色，最后谱写成一首首让人感慨的小诗。

（李笑寒）

姚洪亮

姚洪亮，原籍中国广东，1949 年生于柬埔寨金边市，后移居法国巴黎，爱好中华文化，特别是诗词歌赋。现已退休，在学习、写作中享受生活。

帕特农神庙

即使
褪去华丽堂皇的外衣
只剩下几根肋骨
仍
竭力在
被风刮起的尘沙中挺立

雅典娜女神

任岁月的岩石
将手中的神盾磨钝
把身上的戎衣捻破
永恒的承诺
却换来
千年苦苦等候

诗歌赏析

《帕特农神庙》是一首抽象的小诗。众所周知，帕特农神庙是古希腊雅典娜女神的神庙，还被尊为古希腊与雅典民主制度的象征，是举世闻名的文化遗产之一。帕特农神庙是供奉雅典娜女神的最大神殿，帕特农原意为贞女，是雅典娜的别名。诗人仅用几句话就表达了对雅典娜女神的钦佩之情。“挺立”一词充分表达了雅典娜女神的坚韧。

《雅典娜女神》是一首颂诗，赞扬了雅典娜女神的坚韧与执着。其中“磨钝”与“捻破”两个动词恰如其分地写出了雅典娜女神的执着与坚强。诗人对雅典娜精神把握得比较到位，用词十分贴切。

姚洪亮的小诗很独特，多是以古希腊遗产命名。其实这些诗都是诗人游希腊的感慨，诗人诗兴大发，对这些古希腊遗产充满敬佩，不由得挥毫而作。

（李笑寒）

许昭华

许昭华，又名宜光。广东揭阳人，1949年出生。柬埔寨归侨，现居香港。广州中医药大学医疗系毕业。现任世界华人文化研究会常务副会长兼秘书长、香港风雅颂诗词学会常务副会长、香港散文诗学会副会长、香港诗书联学会会员。香港美声合唱团文学顾问、新加坡《新世纪文艺》柬埔寨编务顾问、青源诗社暨《青源诗刊》特邀顾问。系《长河》（世华期刊）执行副主编、《夏声拾韵》（风雅颂期刊）执行副主编，著有诗词集《闲斋漫拾》。

红尘中你我

一曲红尘，
红尘中有你，有我，
不记得今夕为何年！
一时想不起来去记，
糊涂的爱，无悔，
人生的最高境界！

惊世恋情

你搏击长空，
失之东隅。
归来吧！

莫道桑榆晚，
人间有爱。
苦等了你四十年。

诗歌赏析

《红尘中你我》是一首爱情诗。每个人都是红尘中的一员，世间少有人能真正看破红尘，大多都是被红尘所羁绊。爱情的最高境界就是爱过了，无怨无悔。说到底，你我只是滚滚红尘中渺小的一员，顺着红尘而生，顺着红尘而去，不留遗憾。

《惊世恋情》也是一首爱情诗。两个人明明相爱，却由于种种原因不能在一起，苦等了四十年。在爱情的世界里，等待是最折磨人的，没有期限，甚至没有结果。等了四十年，这是何等的耐心，让人惊叹又心酸。

许昭华的这两首诗歌以爱情为主，歌颂了人世间美好的事物。在爱情的世界里，有许多痴男怨女，无怨无悔地活在滚滚红尘里。许昭华的诗歌里充满了美好，远离悲伤，让人精神振奋。

（李笑寒）

林彩霞

林彩霞，1958年出生于柬埔寨磅针省，现居美国洛杉矶。广州暨南大学外语系文学学士，美国新墨西哥州立大学美国文学研究硕士。从事中医针灸，任教于洛杉矶南湾中医学院。

夜

夜慢慢地平躺下来
幽灵忙碌清点星空
不倦的恋人披上他人嫁衣
又哭又笑
穿梭于满树柿子林中
不问明天还有多远?

爱情

你的爱情
一如湄公河畔小支流
从源头来，往大海去
一目了然，清清楚楚
竟有人提着灯笼日夜追赶
失魂落魄

诗歌赏析

《夜》是一首充满哲理和感悟的小诗，初读会有一种凄凉的感觉，慢慢品味之后又觉得颇有道理，韵味无穷。人的一生中会有无数个夜晚，时而宁静，时而凄凉，时而孤独，不管怎样都要坚持下去。夜晚的幽灵也耐不住寂寞，想要到凡间走一遭，还有那失意的恋人穿上他人嫁衣，都洋溢着一种悲伤的情调。敢问路在何方，对人生和未来充满了感慨。其实，越是夜深人静的时候，人越容易陷入思考中。

《爱情》是一首熟悉而又陌生的诗，说它熟悉，是因为爱情是永恒的主题；说它陌生，是因为诗人又赋予了爱情一定的意蕴。爱情是美好的，每个人都向往完美的爱情。爱情就像一条支流，最终会汇入大海，但不是所有的人都会有这样顺利的爱情。有的人的爱情就充满了波折，总是跌跌撞撞，但最终还是会期待有一个完美的结局。

林彩霞是一位颇有才情的女诗人，她的诗中没有那种世俗气息，只有真情流露，扣人心弦。她将自己对生活的感悟化成一首首小诗，颇有自己的心得。

（李笑寒）